小学館文庫

勘定侍　柳生真剣勝負〈二〉

始動

上田秀人

小学館

目次

主な登場人物

◆大坂商人

一夜《かずや》……淡海屋《おうみや》七右衛門《しちえもん》の孫。柳生家の大名取り立てにともない、召し出される。
七右衛門……大坂一といわれる唐物問屋淡海屋の旦那。
佐登《さと》……七右衛門の一人娘にして、一夜の母。一夜が三歳のときに他界。
喜兵衛《きへえ》……淡海屋の大番頭。
幸衛門《こうえもん》……京橋で味噌《みそ》と醤油《しょうゆ》を商う信濃屋《しなのや》の主人。三人小町と呼ばれる三姉妹の父。
永和《とわ》……信濃屋長女。
須乃《すの》……信濃屋次女。
衣津《いつ》……信濃屋末娘。

◆柳生家《やぎゅう》

但馬守宗矩《たじまのかみむねのり》……将軍家剣術指南役。初代惣目付《そうめつけ》としても、辣腕《らつわん》を揮《ふる》う。
十兵衛三厳《じゅうべえみつよし》……柳生家嫡男《ちゃくなん》。大和国《やまとのくに》柳生の庄に新陰流《しんかげりゅう》の道場を開く。

左門友矩《さもんとものり》……柳生家次男。刑部少輔《ぎょうぶしょうゆう》。小姓《こしょう》から徒頭《かちがしら》を経て二千石を賜る。
主膳宗冬《しゅぜんむねふゆ》……柳生家三男。十六歳で書院番士となった英才。
武藤大作《むとうだいさく》……宗矩の家来にして、一夜の付き人。

◆幕閣

堀田加賀守正盛《ほったかがのかみまさもり》……老中。武州《ぶしゅう》川越《かわごえ》三万五千石。
松平伊豆守信綱《まつだいらいずのかみのぶつな》……老中。武州忍《おし》三万石。
阿部豊後守忠秋《あべぶんごのかみただあき》……老中。下野壬生《しもつけみぶ》二万五千石。松平伊豆守信綱の幼なじみ。
秋山修理亮正重《あきやましゅりのすけまさしげ》……惣目付。老中支配で大名・高家《こうけ》・朝廷を監察する。四千石。
望月土佐《もちづきとさ》……甲賀組与力組頭。甲賀百人衆をまとめる。
山岡達形《やまおかたつなり》……甲賀組与力。江戸城大手門を警固する。

◆江戸商人

儀平《ぎへい》……柳生家上屋敷近くに建つ、荒物を商う金屋《かなや》の主人。
総衛門《そうえもん》……江戸城お出入り、御三家御用達《ごようたし》の駿河屋《するがや》主人。材木と炭、竹を扱う。

勘定侍　柳生真剣勝負〈二〉　始動

第一章　商いのいろは

一

大坂を中央で南北に割る道頓堀《どうとんぼり》、その南側で淡海屋七右衛門《おうみやしちえもん》は船から下ろされる荷を見ていた。

「淡海屋さん、どないですかいな」

笑いながら老爺《ろうや》が淡海屋七右衛門に声をかけてきた。

「これは、阿波屋《あわや》はん。随分とご無沙汰《ぶさた》でおましたな」

淡海屋七右衛門が笑顔で応対した。

「少し故郷へ戻ってましてな。昨日帰ってきたばかりで」

阿波屋と呼ばれた老爺が答えた。

「郷帰《さとがえ》りでっか、それはよろしいな」

うらやましそうな顔を淡海屋七右衛門がした。

「淡海屋さんは、たしか近江坂本《おうみさかもと》の出でしたやろ。一日で往復と言うわけにはいきまへんやろうが、三日もあったら十分行って帰ってができるんと違いまっかいな」

「それがあきまへんね。店を空けるわけにはいきまへん」

「店を空ける……淡海屋はんには、立派な跡取りはんがいてはりますやろ。一夜《かずや》はんという」

首を横に振った淡海屋七右衛門に阿波屋が怪訝《けげん》な顔をした。

「それがちいと修業に出てましてなあ」

「修業……あれだけできてまだ足りへんと」

ため息交じりに告げた淡海屋七右衛門に阿波屋が目を剝《む》いた。

「これからの商いは、大坂だけで終わるもんやないと言い出しよりましてなあ。淡海屋を本朝一の大店《おおだな》にしてみせるちゅうて」

大坂からいなくなったのは嘘《うそ》ではないし、淡海屋を大きくすると孫の一夜が言っていたのも確かである。ただ、大坂から離れたのが、一夜が望んでの形でなかったことだけを淡海屋七右衛門は隠した。

「はあぁ、うちの息子どもに聞かせてやりたい話ですわ。まったく、兄も弟も四十面《づら》を晒《さら》しながら、まだ大福帳さえまともにつけられへん」

阿波屋が大きく嘆息した。

「なにを言うてはりますねん。阿波屋はんのところは、大坂の本店《ほんみせ》、阿波の支店《みせ》を兄弟で差配して、年々商いが太くなっていると噂《うわさ》ですがな」

謙遜しないでくれと淡海屋七右衛門が手を振った。

「親から譲られた店を守るくらい、でけんと困りますわ」

阿波屋がもう一度大きくため息を吐《つ》いた。

「ところで、今日はなんぞ、御用で」

本題があるのかと淡海屋七右衛門が問うた。

「ちいと融通していただきたいもんがおますねん」

「商いのお話でっか。ほな、道端でするわけにもいきまへんわ。どうぞ店へ」

阿波屋の言葉に、淡海屋七右衛門が先に歩いた。

個人《ひとり》のことならば、川端に面している勝手口からそのまま通ればいいが、商いとなると表の店から受け入れないと軽く見ていると思われる。

少し遠回りするが、淡海屋七右衛門は店の塀を巡って、阿波屋を店へと案内した。

「阿波屋さんをお連れしたよ。客間の用意をね。喜兵衛《きへえ》はどうした」

喜兵衛は大番頭として店のすべてを預かっている。日中は来客でもない限り、表の帳場に座って奉公人たちの様子を見ているのが普通であった。

「へい。大番頭はん」

淡海屋七右衛門に言われた丁稚《でっち》が奥へ声をかけた。

「なんや……大旦那《おおだんな》さま。川端においでやったと……阿波屋さま」

丁稚に呼ばれた大番頭の喜兵衛が、淡海屋七右衛門を見て首をかしげ、そこで阿波屋に気付いた。

「いきなりで悪いな。喜兵衛はん。ちょっと用立てて欲しいもんがあってな」

阿波屋が喜兵衛へ手をあげた。

「それはようこそのお越しでございまする。どうぞ、こちらへ」

喜兵衛が阿波屋と淡海屋七右衛門を店から入ってすぐの客間へと先導した。

「今、お茶をお持ちいたしまする。他になにか用意いたすものは」

座敷に入らず廊下に座った喜兵衛が訊《き》いた。

「唐渡《からわた》りの茶碗《ちゃわん》が欲しいんや」

阿波屋が告げた。

「お茶を点《た》てるものでよろしゅうございますか。大旦那さま」

確認を取った喜兵衛が、淡海屋七右衛門に顔を向けた。

「二の蔵にあるものを全部持っといで。七つくらいあったやろ」

「一つは商談中でございますので、六つになりますが。ただちに」

頭を下げて喜兵衛が出ていった。

「蜂須賀《はちすか》さまでございますか」

淡海屋七右衛門が阿波屋へ笑いかけた。

「そうですねん。なんでも江戸で茶会を開くのが流行《はや》っているとか。まあ、実態は道具自慢のようですけどな」

阿波屋が苦笑した。

大坂夏の陣で勝利し、豊臣《とよとみ》家を滅ぼしたことで、天下は徳川《とくがわ》のものとして固まった。戦国は終わりを告げ、代わって泰平の世が訪れた。

そうなると武を誇ってきた大名たちは、暇になる。今更槍《やり》を振るっても、弓を放っても、意味がなくなった。

戦場での手柄話も一度聞けば、もうお腹《なか》いっぱいである。そもそも他人の自慢話なんぞ、聞きたくもない。

だからといって、なにもせずに籠《こ》もっているわけにもいかない。

「引き籠もっておるというのは、御上《おかみ》への謀叛《むほん》を企《たくら》んでいるのだろう」

「屋敷から出てこぬ、他人と会わぬというのは、徳川の天下に不満があるに違いない」

なんとかして大名にけちをつけて、取り潰《つぶ》したい惣目付《そうめつけ》たちがたちまちに騒ぎ出す。

先祖が、己《おの》が命をかけて手にした領地を、こんなことで奪われてはたまったものではない。そこで大名たちは、戦国の英雄たち、織田信長《おだのぶなが》、豊臣秀吉《ひでよし》、徳川家康《いえやす》が好んだという鷹狩《たかが》り、茶の湯に気持ちを傾けた。

家中《かちゅう》で完結してしまう鷹狩りは、まだましである。いや、勢子《せこ》として駆り出される足軽や小者《こもの》は災難だが、他人目《ひとめ》はほとんどない。

「茶会を開きますので、是非」

しかし、茶の湯は一人でできないわけではないが、基本として客を招く。言うまでもなく、客が来て、お茶を飲んで、話をして終わりですまなかった。

「いかがでござろう、志野《しの》の茶碗でござる」

「千利休《せんのりきゅう》が使用していた茶杓《ちゃしゃく》と伝わっておりましてな」

大名同士の見栄《みえ》張りがそこに入ってきた。

「いやあ、何々殿のお招きでな、茶会へ参加いたしたのだが、道具立てがの。武辺一辺倒のお家柄ゆえ、いたしかたないとはいえ……」

「いやはや畏《おそ》れ入ったわ。一目でわかる偽物を手に自慢たらたらとは。お父上は人を見抜く目を持っておられたが、跡継ぎどのは……」

相手を下にして、見識をひけらかしたいのが人の本質でもある。だからといって、言われっぱなしでは、より一層まずくなる。

「無礼なっ」

「もの知らずが」

言い合いになれば、どちらも引けない。引いたほうが悪い、負けだと世間で見られるからであった。

「なにをいたしておるか」

場合によっては幕府が介入してくるときもある。

「いかがでござるかの」

そこでしっかりとした来歴のわかる名物か、異国から入ってきたばかりでほとんど流通していない珍品を手に入れて、非難されないようにする。

今、全国の大名が茶道具を集めているということを淡海屋七右衛門は耳にしていた。

「まあ、ぶっちゃけたところそうですわ。蜂須賀さまはあまり茶道具をひけらかすのはお好みではなく、茶会も開かれまへんねんけど……お持ちの道具は天下に知れたものばかり。それを出しては、自慢にとか高慢なとか」

「ややこしいけど断りようのないところから、茶会を開けと言われはった」

「…………」

確認を求めるような淡海屋七右衛門に、黙ることで詳細は言えないと阿波屋が伝えた。

「少しおしゃべりが過ぎましたか」

淡海屋七右衛門が頭をかいた。

「ごめんやす」

廊下から若い女の声がした。

「……誰や」

訊いた淡海屋七右衛門が眉をひそめた。

「お茶をお持ちしました」

若い女の声が応えた。

「入り」

「お邪魔をいたしまする」

淡海屋七右衛門が許可を出し、若い女が襖《ふすま》を開けた。

「……おまはんは」

「信濃屋《しなのや》のお嬢はん」

若い女の顔を見た淡海屋七右衛門と阿波屋が驚いた。

「ご無沙汰をいたしております、淡海屋七右衛門と阿波屋の小父《おじ》はん」

にこやかに若い女が微笑《ほほえ》んだ。

「なぜ、永和《とわ》はんがこちらに」

阿波屋が首をかしげた。

永和は京橋《きょうばし》で味噌《みそ》や醬油《しょうゆ》を扱う信濃屋幸衛門《こうえもん》の長女であった。三姉妹ともに美しく、また信濃屋の商いが好調であることもあり、どこへ嫁にいくかと噂されていた。

「嫌やわ、阿波屋の小父はん。女の口から言わせせんとっておくれやす」

答えず、永和が袖で顔を隠した。

「……ああ。なるほど」

阿波屋が勝手に納得した。

「そうきたか」

小さく淡海屋七右衛門が呟《つぶや》いた。

「旦那さま、お待たせをいたしましてございまする」

そこへ喜兵衛が手代《てだい》たちを連れて戻ってきた。

「おう、持ってきたか。箱から出して、そこへ並べてんか」

淡海屋七右衛門が、喜兵衛へ指示した。

「へい。おい」

喜兵衛が手代たちを促して、茶碗を並べ始めた。

「では、ごゆるりと」

商いの話と悟った永和が一礼して辞去しようとした。

「永和はんやったな。見ていき」

名前に疑問をつけることで、淡海屋七右衛門は永和のことを承知していないと暗に阿波屋へ知らせ、意趣返しに商いを見てどう反応するかを見ようとしたのだ。

「おや」

「よろこんで」

阿波屋が少しだけ目を大きくし、永和が平然とうなずいた。

「喜兵衛、始めてんか」

茶碗の説明をしろと淡海屋七右衛門が喜兵衛を促した。

「へえ。まずは、こちらでございまする。この間明《みん》船が博多《はかた》へ持ちこんだものでございまする。祥瑞《しょんずい》と呼ばれる青い花のような模様が全体にちりばめられ……」

喜兵衛が順番に説明をした。

「どれもええものですなあ」

阿波屋が茶碗を見比べては悩ましい顔をした。

「喜兵衛、あれも出し」

「よろしいので」

「かまへん。阿波屋さんやったら、お口は硬い。余興や」

息を呑《の》んだ喜兵衛を淡海屋七右衛門が急《せ》かした。

「すぐに」

喜兵衛が部屋を出て、煙草《たばこ》を一服吸うほどの間で戻ってきた。

「これでよろしゅうございましたか」

まず、箱を淡海屋七右衛門に見せて、喜兵衛が念を押した。

「開けてんか」

淡海屋七右衛門がうなずいた。

「ほう、淡海屋七右衛門のお薦めでっか。それは楽しめそうや」

阿波屋が身を乗り出した。

「最後にこれは渡来ものではございまへん。先日、堺《さかい》のとあるお方さまから、お預かりしたもので、ええお客がいてはったら売ってくれと」

話しながら喜兵衛が茶碗を箱から出し、包んでいた袱紗《ふくさ》を解いた。

「どうぞ」

喜兵衛が茶碗を阿波屋へ差し出した。

「拝見」

緊張した表情で受け取った阿波屋が、茶碗をじっくりと眺めた。

「箱書きも見せてもろうてよろしいか」

「どうぞ」

箱を喜兵衛が阿波屋へ渡した。

「……これは」

箱書きを読んだ阿波屋が、顔を上げて淡海屋七右衛門を見た。

「堺からと言いはりましたな。この箱書きは天王寺屋《てんのうじや》はんのものと読みましたけど……」

阿波屋が興奮した。

天王寺屋は屋号であり、苗字《みようじ》は津田《つだ》という。茶匠としての号は宗及《そうぎゆう》であり、織田信長、豊臣秀吉の二人に仕えた。

「となると、この茶碗は津田宗及の箱書きを持つ名品」

「止《や》めときなはれ、阿波屋の小父はん」

鼻息を荒くした阿波屋を諌《いさ》めたのは永和であった。

「………」

「なんでや、お嬢」

淡海屋七右衛門が口元を緩め、阿波屋が怪訝な顔をした。

「それ、本物は箱だけでしょ。茶碗はそう悪いものやおまへんやろうけど、名品とは言えまへん」

永和が告げた。

「えっ……」

聞いた阿波屋が唖然《あぜん》とした。

「なんで、そう思うたんかの」

淡海屋七右衛門が永和に問うた。

「まず、箱と茶碗の大きさが合うてまへん。いくら名品でも袱紗が大きすぎます。隙《すき》間《ま》を埋めるために風呂敷みたいにせなあかんかった。次に淡海屋さまが預かりものやと最初に言わはった。もし、本物なら買い取っているはず」

「最初のはええけど、なんで預かりものはあかんのかの」

重ねて淡海屋七右衛門が訊《き》いた。

「預かりほど怖いものはおまへん。もし、預かりものになにかあれば、相手の言うがままの償いをせんならんし、もし、無事に売ったとして、それに傷があったとき客からの苦情は、淡海屋さまが引き受けなあかん。いくら誰々から預かったものやと言いわけしても、買うた人にしてみれば、淡海屋さまの名前で信用したとなるさかい」

永和が答えた。

「阿波屋はん、すんまへんな。ちいと信濃屋のお嬢はんを試させてもろうたですわ」

「いや、最初に余興やと口にしてはったさかい、なんぞあるやろうなとは思てましたから、詫《わ》びてもらわんでもよろしいで」

阿波屋が苦笑した。

「これは堺の商人で天王寺屋はんの遠縁にあたるお方から、なんとか金にしてくれと頼まれたもんですねん。あちらの先々代に、随分とお世話になったので断りきれずに預かりましたが、これで返せますわ」

　深々と頭を下げた淡海屋七右衛門がほっとした。

「喜兵衛、これを突っ返しといで。目利きはんがお出《い》でになったとだけ言うてな。あと、これにて今後のおつきあいは遠慮やともな」

　偽ものと見ぬかれたぞと警告をしつつ、絶縁を淡海屋七右衛門が喜兵衛に託した。

「へい」

　喜兵衛が茶碗を箱へ仕舞った。

「あとな、永和はんを入れたんは、おまえやな」

　淡海屋七右衛門が喜兵衛にきつい目を見せた。

「へえ。すんまへん」

「喜兵衛はんを叱らんとってください。無理言うたんは、わたしですねん」

　頭《こうべ》を垂れた喜兵衛を永和がかばった。

「そこまで一夜を見そめてくれたんかいな」

「あの人しかいてまへん。あの人ならまちがいなく大坂一の商人にならはります」

　うれしそうな淡海屋七右衛門に、永和が熱く言った。

「一夜はんなら、きっと夢を見せてくれます。いや、叶《かな》えてくれます」

「将を射るには馬からですなあ」

阿波屋が感心した。

「儂《わし》が馬やというのはええけどなあ」

少し頬をゆがめながら淡海屋七右衛門が続けた。

「一夜は手強《てごわ》いで。儂がどう援護しようとも、あいつは己の嫁は己で決める」

「わかってます。でも、なんもせん女よりは、有利ですやろ。敵は強力ですよってに」

「敵……」

不思議そうに淡海屋七右衛門が首をひねった。

「須乃《すの》に衣津《いつ》、わたしの自慢の妹たちですわ」

永和が胸を張った。

二

淡海一夜は柳生《やぎゅう》藩家臣武藤大作《むとうだいさく》と二人で街道を抜けて、京へ着いた。

「今日は、ここで泊まろ」

背負っている荷物が重い一夜は、山道越えになった大和《やまと》から山城《やましろ》への移動で疲れていた。

「まだ、日が高うござる。大津《おおつ》までは行けましょう」

早く江戸へ一夜を連れてこいと柳生但馬守宗矩《たじまのかみむねのり》から命じられている武藤大作が渋った。

「挨拶しておかなあかんところがある」

「……あいさつでございまするか」

武藤大作が首をかしげた。

「そうや。京には実家のつきあいのある商家がいくつかある。すべてとは言わへんけど、何軒かは顔を出しておかなあかん」

「それは淡海屋の都合でございましょう。何度も申しまするが、あなたはもう淡海屋の跡継ぎではなく、大和柳生藩のご一門でございまする」

一夜の話に、武藤大作が首を横に振った。

「そうか。柳生が貧乏なんも無理はない」

大きく一夜がため息を吐いた。

「どういう意味でございましょう」

武藤大作が気色《けしき》ばんだ。

「家臣が馬鹿ばかりやからや」

「ば、馬鹿と言われたか」

「悪いのは頭だけやなくて、耳もかいな」

一夜がより煽《あお》った。

「い、いかに主君のお血筋とはいえ、言って良いことと悪いことがございまするぞ」

「わいの役目はなんや」

殺気を漏らし始めた武藤大作に一夜が問うた。

「役目……」

「柳生を大名として恥ずかしくないようにすることやろうが」

「…………」

一夜に強く言われた武藤大作の殺気が萎《な》えていった。

「知行《ちぎょう》所からあがる米が少ないから、わいが呼ばれた。年貢だけで足りるなら、商人のわいに用はない。違うか」

「……それじゃ」

一夜に迫られた武藤大作が詰まった。

「つまり、柳生は米以外で豊かにならなあかん。ここまではわかったか」

子供を諭すように一夜が確認した。

「はい」

「そのわいが柳生から一日のところにある京で商家にあいさつをしたいと言うた。なんのためかくらいは……」

「申しわけもございませぬ」

気付いた武藤大作が腰を深く曲げて詫びた。

「ほな、宿を取ろうか。京では一晩しか過ごされへんからな。明日の朝早くから挨拶回りしたい」

一夜が武藤大作に宿を取ってこいと指示をした。

「はっ」

武藤大作が走っていった。

「はあ……忠義ということからいけば、武藤はええ武士なんやろうなあ」

背負っている荷物を置いて、一夜が汗を拭いた。

「まあ、その代わり裏まで読もうとせんから、楽やけどな」

一夜が小さく笑った。

「……お待たせをいたしてございまする。こちらへ」

しばらくして、武藤大作が走り寄ってきた。

「ご苦労はん。ほな、案内してんか」

一夜が荷物を背負いなおした。

朝廷と諸藩が繋《つな》がるのを嫌がった幕府が、京の宿は一泊限りという通達を出している。もちろん、これは初見の客の話で、商いなどで顔なじみになると連泊もできるようになった。

「明日は早いよって、寝る」

「なりませぬ」

夕餉《ゆうげ》を終えるや否や夜具に入ろうとした一夜を、武藤大作が制した。

「十兵衛《じゅうべえ》さまより、毎日修業を欠かせてはならぬとの厳命でございまする。刀は抜かずともよろしゅうございまする。型稽古をお願いいたしまする」

「明日、あちこち廻《まわ》ると言うたやろ。かなり無理をせんならんのに、稽古なんぞして疲れたら明日起きられへんがな」

武藤大作に言われた一夜が反論した。

「一日や二日、寝ずともどうということなどございませぬ」

「あのなあ、わいは剣術遣いになるんと違うで。わいは剣ではなく、算盤《そろばん》で仕事をするねん」

一夜が抵抗を試みた。

「厳しく命じられておりまする。型稽古をなさらぬならば、明日は一刻《いっとき》（約二時間）早めに起きていただき、そこの河原で素振りをしていただくことになりまする」

頑固に武藤大作が告げた。

「朝から汗かいてどうすんねん。わかったわ。型やな」

嘆息しつつ、一夜が立ちあがった。

屋内である。まさか真剣を抜くわけにもいかない。一夜は、柄《つか》を握っているつもりで構え、柳生流の型を繰り返す。

「腰が高うござる。高ければ、それだけ早く敵の剣が当たりまするぞ」

「踏みこみが甘い。それでは届きませぬ」

「しっかりと踏み出した足に体重を乗せてくだされ。踏み出しがふらついては、斬っても威力はなく、避けようとしたときに体勢を崩しまする」

一夜の動きに厳しい指摘が飛ぶ。

「はあ、はあ。なんでここまでせんならんねん」

小半刻《こはんとき》（約三十分）もしないうちに、一夜はぼやいた。

「柳生家の御曹司が、剣も振れぬでは恥でございまする」

「御曹司なんぞ、なった覚えはないわ。わいは、大坂商人淡海屋一夜じゃ」

型をしながら一夜が言い返した。

「いいえ。あなたさまは殿の四男さまでございまする」

「二十年もほったらかしといて、よく言うこっちゃ」

「それは……」

武藤大作が詰まった。

一夜は大和柳生一万石柳生但馬守宗矩の子供であった。とはいえ、正室や側室などから生まれたわけではなく、大坂の陣に徳川方の旗本として参戦した柳生宗矩によって、大坂方の牢人《ろうにん》から暴行されるところを助けられた一夜の母とのわずかな交情で生まれた。

戦場での男女が一時の激情にかられてである。後々の約束などもなく、一夜を産んだ母がものごころつく前に死したこともあり、そのまま一夜は母の実家淡海屋七右衛門のもとで商人の子供として育ってきた。

そのまま柳生家が旗本であれば、おそらく一夜と柳生宗矩の縁は途絶えたままであったろう。

しかし、柳生宗矩は有能すぎた。

幕府は将来の謀叛の芽を摘むため、諸大名の数を減らすかあるいは力を削《そ》ごうと考え、その役目のために惣目付を創立、それに柳生宗矩が任じられたのだ。

惣目付となった柳生宗矩は、ここぞとばかりに諸大名を締めあげ、多くの外様《とざま》大名を罪に追いこんだ。

なかには冤罪《えんざい》に近いものもあったが、幕府にとって経緯《いきさつ》などはどうでもいいのであり、大名を潰せれば問題はない。

幕府の意向を汲《く》んだ柳生宗矩は、ここぞとばかりに辣腕《らつわん》を揮《ふる》い、功績を立てた。

信賞必罰は政《まつりごと》の根本の一つである。

幕府は柳生宗矩の功を認め、六千石の家禄《かろく》に四千石という加増を与え、柳生家を大名に格上げした。

これが柳生家に衝撃を与えた。

「惣目付の任を解く」

当たり前の話だが、惣目付は大名を監察する。その監察される大名が、惣目付のままでいるというのは、盗人に蔵の番をさせるようなもの。

「手を抜いているのではないか」

「同役同士、目こぼしを受けているのでは」

なにはなくとも、公明正大であるべき惣目付の評判は確実に墜《お》ちる。

「柳生も痛い目を見るべきだ」

「あれだけ悪辣なまねをしてきたのだ。きっとなにかある」

諸大名は柳生家の没落を期待している。

「藩政に穴があってはならぬ」

柳生宗矩はしっかりと世間の風向きが変わったとわかっていた。

「かつてのようなまねは避けねばならぬ」

国人として、大和の国主たちに仕えていた柳生家は、本能寺の変の後、新しく大和の支配者となった豊臣秀吉の弟秀長《ひでなが》の配下に組みこまれた。そのとき、柳生家は生きていくため山間《やまあい》の隙間に作った田畑を隠し田として摘発され、豊臣秀吉の怒りを買って改易《かいえき》されてしまった。

柳生は天正十三年（一五八五）から関《せき》ヶ原《はら》の合戦で徳川家康に味方して、旧領回復されるまでの十五年、それこそ喰《く》うに困るほど困窮した。

このときの経験が柳生宗矩を追いたてた。

「隠し田はまずい」

それで柳生宗矩はいくつかの大名を潰したり、僻地《へきち》への転封をさせたりした。

「とはいえ、大名になると金がかかる」

柳生宗矩が苦吟した。

惣目付は辞めさせられたとはいえ、柳生家は家職として将軍家剣術指南役である。いつでも将軍の剣術稽古に随伴するため、江戸を離れることはできない。

ようは大名にとってもっとも金のかかる参勤交代をしなくてもいい。

しかし、それは物価の高い江戸に当主を始め、家臣たちが定府《じょうふ》しなければならないということなのだ。

そのうえ、江戸が主たる生活の場になるため、藩士の多くを江戸に置くことになる。

参勤交代をしなくていいとはいえ、出ていく金は今までよりも増える。

「隠し田でなく、収入を増やさなければならぬ。もしくは出費を減らさねばならぬ」

誰でもそう考える。

「だが、人がいない」

乱世を斬り裂いた武士は刹那《せつな》を生きた。

明日戦場で首討たれるかも知れないのだ。金を貯《た》めようという気になる者は少ない。

死の恐怖から逃れるため、酒、女に耽溺《たんでき》し、持っている金を遣い果たす。それが当たり前で、金を貯めるような者は、吝《しわ》いと嫌われた。

ましてや剣の柳生である。道具のために金を遣えても、収入を増やすことなど考えた事さえなかった。

「そうじゃ、あいつがいた」

柳生宗矩が、一夜を思い出した。

こうして一夜は、唐物問屋淡海屋の跡取りから、柳生藩の勘定方を担う一門へと身分を変えさせられた。

「なあ、これでもわいは、柳生藩のために尽くさなあかんか」

「武士は忠義をもってご奉公するものでございまする」

訊かれた武藤大作が、表向きの理由にすがった。

「ご恩と奉公」

「さようでございまする。武士はご恩を……」

「わいは、まだ銭の一枚も柳生家からもろてないで」

「……それはっ」

あきれた一夜に、武藤大作がうつむいた。

「つまり、ご恩がないっちゅわけやな」

「ご一門で……」

　嘲笑を浮かべた一夜に、言いかけた武藤大作が黙った。たった今、二十年の放置を思い知らされたばかりである。それでまだ当主に従えと口にするほど、武藤大作は恥知らずではなかった。

「わかったか。わかったら、わいに武芸を強いな。今度、同じことを言わせたら、わいは逃げ出すで」

「はい」

　武藤大作が一夜の脅しに屈した。

「さあ、寝るわ」

　さっさと夜具に潜りこんで、一夜が目を閉じた。

三

　一夜たちが泊まった部屋の屋根裏に、一人の忍《しのび》が潜んでいた。

「……ふむ」

忍が小さく思案のため息を漏らした。

「今の話だと、あの妾腹の息子は柳生家を恨んでいる」

忍んでいたのは惣目付秋山修理亮正重《あきやましゆりのすけまさしげ》から、柳生の庄を探れと命じられた甲賀《こうか》組与力の山岡達形《やまおかたつなり》であった。

「これは修理亮さまにお報《しら》せせねば」

一夜の文句を聞いた山岡が、すっと天井裏から離れた。

「郷へ……」

山岡が闇へと消えた。

秋山修理亮から柳生の庄へと送りこまれた甲賀者は、山岡の他に二人いた。柳生と戦国のころから手を組んでいる伊賀《いが》者によって、その動向は見張られていた。

「なんとかして、修理亮さまのもとへの報告を」

甲賀者はまとまってではなく、分裂して柳生の庄から逃げ出すことにした。

「託したぞ」

つまりは、二人が犠牲になり、山岡を甲賀の郷へ向かわせたのだ。甲賀の郷に入れば、伊賀者の手出しはできなくなる。そのうえ、助力も得られる。

「甲賀との境は封じられている」

囮《おとり》となった二人を見送って残った山岡は、どうやって郷へ向かうかを思案した。

直接柳生の庄から甲賀へ向かえば、半日もあれば十分であるが、当然、その経路は伊賀者によって封じられている。一対一なら負けるつもりはないが、一対二、一対三ともなれば、とても突破できるものではない。

そこで山岡は、京を経由する旅程を選んだ。

その理由は、一夜たちの行動を見張るという形で同僚が一人尾行についていたからであった。

言うまでもなく、その同僚の後ろには伊賀者がいる。山岡は、さらにその後ろを取った。

こうすることで少なくとも前は気にしなくてすむ。前にいる伊賀者は、尾《つ》けている甲賀者を見張るのに集中している。山岡は、己の背後にだけ気をつけていればいい。

「うっ……」

大和を出て、山城に入ったところで、先行していた同僚が伊賀者によって殺された。下手《へた》に抵抗することでより警戒されることを嫌ったのだ。

「甲賀者など、このていどよ。よし、残るやつらを片付けに」

伊賀者は入りこんでいた甲賀者の始末にと柳生の庄へと引き返していった。

「すまん」

死した仲間の骸《むくろ》に手を合わせ、山岡は一夜たちの後を尾けた。

京で別れるつもりだったところに、一夜が商家に挨拶をすべきだと武藤大作を説得したのを耳にした。急ぐよりこちらが大事と山岡は一夜の行動を気にした。

「どのような手で柳生を裕福にするつもりか」

方法を知っていれば、対抗手段が執れる。

山岡はつい最近まで同役だった柳生宗矩を秋山修理亮が狙っている理由を察している。秋山修理亮は柳生宗矩が大名になったことに妬《ねた》みを感じている。そして柳生宗矩を貶《おとし》めることで、惣目付はかつての仲間でも斟酌《しんしゃく》しないと天下にその公明正大さを見せつけたいのだ。

「だが、いまわかったことで手法がわかる。それに……あの供の気配は油断ならぬ。あの小僧の話に翻弄されて心乱れていたが、落ち着けば気配を感じ取るだろう」

山岡はそれ以上天井裏に忍ばず、逃げ出した。

「…………」

甲賀は京から近い。逢坂《おうさか》の関をこえたらそこは近江《おうみ》国になり、甲賀はその近江の南にある。走りながら、山岡は短い密書を認《したた》めていた。

「柳生の息子、父に不満強し」

最低限の情報しかないが、要点は伝わる。後は山岡が細部を補足すればいい。もちろん、この密書は山岡ではなく、別の者に託し最悪の事態に備えるためのものであった。

「………………」

書き終えた密書をふんどしの結び目へと仕込み、隠す。これも万一のためであった。

「……よし、まもなく水口《みなくち》だ」

日が暮れかけたところで、山岡は安堵《あんど》の息を吐いた。

水口は甲賀に近いもと城下町であり、ここには商家の振りをしている甲賀の隠れ宿があった。そこに入れば、もう伊賀者の手出しはなくなる。

「……おっ」

水口にかかる手前で、背後から山岡に向けて手裏剣が撃たれた。

「ちっ、追いつかれたか」

すばやく山岡が街道から外れ、街路樹の陰へと身を潜ませた。

「逃がすわけにはいかぬ」

すぐ近くの木陰から伊賀者の声がした。

「柳生の庄へ戻れば、姿がない。逃げたかと思ったが、抜け出る道はない。国境《くにざかい》は封じてある。南から甲賀の郷へ入れぬならば、北回りしかないと思い、走ってきたら案の定よ」

伊賀者は憤怒していた。

「囮とも知らず、意気揚々と戻った吾《われ》を鼻で笑っていたろうな」

「…………」

山岡は黙って身を潜めていた。

仲間のところまで、あと五町（約五百五十メートル）ほどしかない。隙を見て逃げ出せば、なんとか逃げきれる距離なのだ。

「水口に逃げこめれば、どうにかなると思っていないか」

「……っ」

今度は反対側から伊賀者の声がした。

「木霊《こだま》の術か」

居場所を特定されないよう、節を抜いた竹筒などを利用して声の出所を変えるものである。

「しまった」

最初に声のしたところに伊賀者はいない。山岡があわてて潜んでいる場所を変えた。

「そこかっ」

動けば気配がする。

「ぐっ」

山岡の背中に手裏剣が刺さった。幸い、急所は外れている。一《いち》か八《ばち》か、山岡は飛び出して、走った。

「がはっ……」

水口に入ったところで、山岡が血を吐いた。

「ど、毒……」

手裏剣に毒が塗られていたと山岡が気付いたときは遅かった。身体《からだ》のなかへ直接撃ちこまれた毒は、少量で効果を発揮、山岡の息の根を止めた。

「おい、誰か倒れているぞ」

「たいへんだ」

「戸板を用意しろ」

たちまち人が集まってきた。

「……………」

その様子を遠目に見ながら、伊賀者は山岡が潜んでいた木陰を探っていた。忍は助からないと思ったとき、大事なものを隠すことがままあった。

「……なにもなしか」

伊賀者がもう一度、死んだ山岡のほうを見た。人が集まっている。

「仕留めたのはたしかだ」

さすがにそこへ入りこんで懐《ふところ》を探るわけにはいかない。すっと伊賀者が消えた。

行き倒れというのは、ままあった。

旅の最中に体調を悪くした者、理由があって在所を追われて飢え死にした者など、珍しくはなかった。

ただその後始末が面倒であった。

山中であれば、そのまま放置しておいても狼《おおかみ》などの獣が始末してくれるが、宿場や城下近くになるとそうもいかなかった。

死体は放っておくと腐る。なにより、通行の邪魔になる。

死んだとわかった山岡は、そのまま戸板に乗せられ、城番所へと運ばれた。

水口はもともと豊臣恩顧の大名長束正家《なつかまさいえ》の城下であった。関ヶ原の合戦で石田《いしだ》三成《みつなり》に与《くみ》したことで長束正家は自害、城は廃城となった。代わって徳川家の宿場として水口御殿が築かれた。

ただ、水口は東海道の要路で、京に近いこともあり、寛永十一年（一六三四）三代将軍上洛のおり、御殿では警固に不安が残ると城が再築された。

その後、城は幕府管轄の空き城となり、城番が置かれていた。

「不浄なり」

城番は旗本から選ばれる。駿府《すんぷ》城代や甲府《こうふ》城代ほどの格式はなく、役高も少ないが、矜持《きょうじ》は高い。なにせ、水口では藩主と同じ扱いを受ける。

山岡の死体を調べようともせず、城番は埋葬を命じた。

「……これは」

それでも噂は広まる。

水口で甲賀の郷の隠れ宿として、旅籠《はたご》を開いていた男が客の噂話に耳をそばだてた。

「背中に鉄の箸が刺さっていた。棒手裏剣だな」

旅籠の店主に身をやつしている甲賀者はすぐに気付いた。

甲賀も棒手裏剣は使う。鉄の細い棒の先を尖《とが》らせるだけでできる棒手裏剣は、鉄板を切り抜いて海星《ひとで》のような形にして、周囲を研ぐ四方や八方手裏剣に比べて加工がしやすい。手に握りこんで暗器にも使える棒手裏剣は、忍にとって便利な道具であった。

「調べねばならぬな」

「へい」

宿の主《あるじ》と番頭、女中にいたるまで、旅籠は甲賀者で構成されている。人手も十分にある。

その夜のうちに、無縁仏として埋められた山岡の遺体は掘りおこされた。

「……江戸に行った山岡」

旅籠の主は、山岡の顔を知っていた。

甲賀は五十四家とも称される土豪の集まりであった。その数が示すように、かつては敵同士として相争い、土地を奪い合ってきた。

だが、それは甲賀の力を削ぐことでしかなく、京極《きょうごく》氏や六角《ろっかく》氏が近江に覇を唱えると、抵抗さえできずに呑みこまれてしまう。

「力を合わせ、外敵から甲賀を守る」

こうして甲賀は、土豪として生き残っていた小領主たちが集まり、一丸となって動くことになった。

伊賀の一人働き、甲賀の組働きと呼ばれる由縁《ゆえん》もそこにあった。

個人の技に長《た》けた伊賀者は少人数で動き、甲賀者は郷全体がまとまって行動する。結果、伊賀者は敵情の調査、敵将の闇討ちなどを得意とし、甲賀はその数を使った敵地攪乱《かくらん》、戦場奇襲を得手としている。

一人働きだと、同じ伊賀の忍とはいえ、そうそう顔を合わすことはないが、組働きとなれば、どこかで一緒になる機会が多い。

「伊賀者にやられたか」

宿の主が山岡を片手で拝んだ。

「探れ」

「はっ」

主の指図で、番頭から女中までが平然と山岡の遺体から衣服を剝《は》いだ。

本来行き倒れで腐っていない者の衣服は、古着として再利用される。墓掘り人足か、寺男の小遣い銭に化けるのだが、背中に穴が空いて、血で染まっているとなれば、どうしようもない。懐に入れていただろうものは、何一つなかったが、下着は無事に残っていた。

「……ございました」

ふんどしをほどいていた女中が、山岡の隠した密書というには小さすぎる紙を見つけた。

「他には……」

「……なにも」

尻の穴に指を突っこんで探った女中が首を横に振った。

「よし、戻せ」

死体を冒瀆《ぼうとく》したのは、役目のためである。すべきことをなせば、あとは同族の安らかな眠りを願うだけであった。

「…………」

夜でも字くらい読めなければ、忍は務まらない。

番頭や女中たちが山岡をもう一度永遠の眠りに戻している間、主が密書を読んだ。

「柳生……江戸にいるはずの山岡。この紙は、江戸へ送られるものか」

主が山岡の遺《のこ》したものをあらたに二度複写し、合わせて三つにした。

「これを江戸の甲賀組与力組頭望月《もちづき》土佐《とさ》さまへ」

女中を含む三人に、主は密書を託した。

「はっ」

受け取った三人が、その場から消えた。

四

翌朝、一夜は無事に素振りを逃れた。

「朝から、汗かいてどないすんねん。人と会うねんで」

まだ鍛錬に未練を残している武藤大作に一夜が嘆息した。

「商いの基本は、どうやって相手に気に入られるかや。こいつやったら信用できる。そこまでいけば最高やけど、なかなか難しい。けど、こいつは憎めんとか、なかなかおもしろい奴《やつ》やなというところまでは、どうにかなんねん。しゃあけどな、汗臭かったらどうや。そんな男に近づきたいと思うか。相手の身体に手を伸ばせば触れ合えるという間合いまで近づかんと、商いの話はでけへんねんで。どこに一間《けん》（約一・八メートル）以上も間を空けて、大声で遣《や》り取りしている商人がいてるねん。値段の交渉はもとより、納期なんぞも周囲に聞こえたら困るから、小声でするんやぞ」

「……………」

一夜に論破された武藤大作が黙った。

「おまはんが刀振りたかったら振り。しゃあけど相手はんの店には入らせへんで」

「……わかりましてござる」

武藤大作は一夜の護衛であると同時に、逃げ出さないように見張る役目もしている。店のなかに一人で行かせれば、裏口から抜け出しかねない。

やむなく武藤大作が朝の鍛錬をあきらめた。

「ええと二条《にじよう》通りを……」

一夜が先に立って、店を探した。

「清水屋《しみずや》……あった」

店を見つけた一夜が、武藤大作に顔を向けた。

「ええか、なんも口出ししたらあかんで」

「商いのことはわかりませせぬゆえ」

念を押された武藤大作が大丈夫だと応えた。

「黙っときや」

もう一度釘《くぎ》を刺して、一夜が暖簾《のれん》を潜《くぐ》った。

「おいでやす」

手代らしき若い奉公人が、それ以上一夜たちを奥へ行かせまいと立ちはだかるように、近づいてきた。

「旦那はんはいてはるかいな。わたいは大坂の淡海屋の一夜ちゅうもんや」

一夜が用件と名乗りを一緒にした。

「大坂の淡海屋はんどすか。ちいとお待ちを」

手代が帳場にいる番頭へと顔を向けた。

「淡海屋はんとおっしゃりましたかいな」

番頭が立って近づいてきた。

「淡海屋七右衛門の孫、一夜でおます」

手代相手のときより、ていねいに一夜が名乗った。

「……淡海屋七右衛門さまならよく存じておりますし、お孫はんがいてはると伺ったこともございますが……」

番頭が一夜の姿を見て、疑わしそうな顔をした。

「これですかいな」

一夜が腰に帯びている両刀を叩《たた》いてみせた。

「ちょっと理由があって、こんな姿しておりますねん。たぶん、清水屋はんなら、事情をご存じやと思いますけど」

一夜が柳生宗矩の子供だというのは、おおっぴらにはされていないが、淡海屋七右衛門の口からごく親しいつきあいの相手には知らされていた。

「主に問うて参りますよって」

番頭が奥へと引っこんだ。

「一夜どの、武士を立たせたまま待たせるなど、あまりに無礼ではござらぬか」

武藤大作が憤った。

「黙っときと言うたはずや」

「ですが、これでは柳生家が甘く見られていると……」

「外へ出ていき。なんも言うなと釘刺したはずや。それさえ守られへんねんやったら、わいはおまはんを無視するで」

「…………」

厳しく言われて、武藤大作がうつむいた。

「剣がいくらできても、これでは……」

大きく一夜がため息を吐いた。

「ため息はやる気を削ぎますよって、感心しまへんなあ」

一夜に声がかけられた。

「どちらはんで」

「この屋の主、清水屋丹右衛門《にえもん》と申します。淡海屋さんの跡継ぎはんですな。お初にお目にかかります」

「淡海屋一夜でござります。本日は、不意にお邪魔をしまして、申しわけのう存じます」

一夜が腰を低くして、挨拶を返した。

「番頭」

清水屋丹右衛門が、にこやかな表情を険しいものに変えた。

「へ、へえ」

「おまはん、少しは使えるようになったと思うて、番頭に引きあげたけど、この顚末《てんまつ》はなんや。お武家さまを土間に立たせたままという礼儀は、清水屋にはおまへん」

叱られるとわかって怯《おび》える番頭を、清水屋丹右衛門がにらみつけた。

「あんたに帳場は預けられへん。もう一回、裏方からやりなおし」

「ご、ご勘弁を。旦那さま」

降格を命じた清水屋丹右衛門に、番頭がすがった。

「詫びる相手が違うてる」

清水屋丹右衛門が番頭を振り払った。

「お客さま、どうぞお許しをくださりませ」

番頭がこれ以上ないほど深く腰を折った。

「淡海屋の跡継ぎと名乗ったところで、初見では信用されへんのはわかってま。そやからわたいに対しての対応はまちごうてまへん。謝ってもらわんでよろし」

「では……」

「でも、こっちの武藤はんへの無礼は別や。武家を店の土間に立たせたまま、主を呼びに入るなんぞ、この慮外者《りょがいもの》と無礼討ちになっても文句は言えまへん」

たしかに豊臣家が滅んだことで、天下から戦《いくさ》はなくなった。とはいえ、武士はいるのだ。人を斬ることにためらいを持たない連中が民の上に立っているだけではなく、腰に両刀を帯びている。それらが活躍の場を失って鬱々《うつうつ》としているとあれば、喧嘩沙汰《けんかざた》など日常茶飯事である。

「無礼ものがあ」

「商人風情が武士に触れるとは、汚らわしい」

武士同士でさえ、簡単に沸騰する。百姓や商人相手に気を遣うはずもなく、その場で斬るということは珍しくなかった。

「相手が悪いなあ」

町人はなにかあったら町奉行所へ訴える。しかし、町奉行所は町人を扱うだけで、武士への手出しはできない。結果、斬り得の斬られ損になった。

「店の番頭が武士を怒らせて、無礼討ちに遭った。そんな店にお客はんが来ますか。ええ常連さんも、まともに客の相手もできない番頭なんぞ使っている店を贔屓《ひいき》にしてくれますやろか」

「…………」

一夜の話に、番頭が蒼白《そうはく》になった。

「ということで、もう一回、丁稚からやりなおし」

小さく一夜が手を振って、あっちへ行けと告げた。

「それと、初見のわたいに面倒な説明を丸投げせんとっておくれやす」

一夜が清水屋丹右衛門に文句を言った。

「いや、すまんの。ちょっと試したかったんや。あの淡海屋七右衛門はんが、べた褒めする孫というのが、どのていどのもんなんかを」

「爺《じい》はん、どこまで自慢してんねん」

同じようなことを大坂でもさせられた。一夜は淡海屋七右衛門の孫自慢に、脱力した。

「どうぞ、お待たせをいたしました。ご無礼の段は、平にご容赦を願いまする」

清水屋丹右衛門が、武藤大作の前に土下座をした。

「いや、……構わぬ」

武藤大作が一夜をちらと見て、気にするなと言った。

「かたじけのう存じまする。では、こちらへ」

もう一度頭を下げて、清水屋丹右衛門が立ちあがり、二人を奥の座敷へと案内した。

「ようこそ、お出《い》でくださいました」

下座に控えた清水屋丹右衛門が、上座の一夜に頭を下げた。

「お初にお目にかかります。淡海屋七右衛門の孫一夜でございまする。今は、大和柳生藩の勘定方をやっておりまする」

「柳生家の臣、武藤大作でござる」

あらためての名乗りをかわした。

「あのお話はほんまでしてんな」

挨拶を終えた清水屋丹右衛門が口調を戻した。

「そのようでしてなあ。無理矢理勘定方を預けられましてん」

一夜が苦笑した。

「いや、柳生のお殿さまは、なかなかにご慧眼《けいがん》。適材適所で」

「勘弁しておくれやす」

感心する清水屋丹右衛門に、一夜がげんなりとした。

「で、今日はどのようなお話を」

清水屋丹右衛門が本題を促した。

「お願いがおまして」

一夜が続けた。

「柳生の庄で椿《つばき》を育てたいと思いますねん」

「ほう、新種を作らはるおつもりですか」

一夜の話に清水屋丹右衛門が少しだけ目を大きくした。

椿は古来公家《くげ》たちに好まれた。とくに後水尾《ごみずのお》天皇が椿を好み、その影響を受けたのか、二代将軍秀忠《ひでただ》も珍種を収集し、江戸城で栽培していた。ときの天皇と将軍が椿を愛《め》でたのだ。公家や大名がそれにならうのは当然であり、競って椿を育て、新種ができるたびに自慢した。

「新種ができたら、儲《もう》けもんですけど……そんな博打《ばくち》ができるほど、柳生に余裕はおまへん」

「一夜どの」

柳生の内情を口にした一夜に、武藤大作が注意を発した。

「出ていけ。外で待っとき」

一夜が怒った。

「なれど……」

「約束も守れん者に、商いの話はできん。邪魔や」

まだ反論しようとした武藤大作を一夜が怒鳴りつけた。

「…………」

黙った武藤大作だったが、立つ気配はなかった。

「すんまへん。いない者としておくれやす」

「ご苦労でんな」

申しわけなさそうな一夜に、清水屋丹右衛門が同情した。

「話を戻させてもらいます。椿を栽培するというのは、柳生の土地が適しているからですわ。平地が少ない柳生は、耕作は難しいけど、山間の土地は落ち葉のおかげで肥えてますし、斜面やから水はけもええ」

一夜は無駄に柳生の庄を見て回っていたわけではなかった。

「なるほど」

「それに庭木にするつもりはおまへん。育つだけ育てようと思うてます」

一夜が述べた。

椿は武家に好まれたことで、生け垣としても多用されたが、剪定《せんてい》をせずに育てると、五間（約九メートル）以上になる。木質も緻密で堅く、杉や檜《ひのき》よりも建材として使われている。また、その実は油分に富み、鬢《びん》付け油やさび止めなどにも有用であった。

「材木にしはると。それやったら、うちはお手伝いできまへんで。ご存じの通り、うちは小間物屋ですよってな」

聞いていた清水屋丹右衛門が首を横に振った。

「わかってます。清水屋丹右衛門に材木売りつける気はおまへん」

一夜がそうではないと笑った。

「椿を使って、櫛《くし》や盆、小間物入れを作ろうと思うてますねん」

「……ほう」

清水屋丹右衛門の目が光った。

「そういえば、淡海屋はんは、唐物問屋さんでしたなあ」

「…………」

黙って一夜が笑った。

「唐国から到来するものと同じくらいのもんができますか」

「いずれは、こえたいと思うてますけどな。当分は無理でっしゃろ」

問われた一夜が答えた。

「職人はお抱えに」

「いてまへんが、刃物の扱いなら得意な者には困りまへん」

さらに訊いてきた清水屋丹右衛門に、一夜が嘯《うそぶ》いた。

「柳生さまを……刃物の扱いの得意な者あつかいですか。これは……」

清水屋丹右衛門が驚愕《きょうがく》した。

「一夜どの、いい加減になさいませ」

「いくつか見繕って持ってきますよって、目利きをお願いできますか」

「もちろん、拝見させてもらいまっせ」

武藤大作をいない者として、一夜と清水屋丹右衛門が話し続けた。

「他には」

「瑪瑙《めのう》とか、水晶石とかも採れそうですねんけど、これはどないしましょ。原石のまがよろしいか、それとも細工をしたほうが」

領内には川がある。川をよく探せば、瑪瑙や水晶などを見つけることができた。

「それは原石のままでいただきましょう。下手にいじられると取り返しがつきまへんよってに」

一夜の質問に清水屋丹右衛門が首を左右に振った。

「わかりました」

二人の商談は終わった。

「どないです、昼餉《ひるげ》でもご一緒に」

「お誘いありがたいんですけど、今日中にもう後二軒回らなあきまへんねん」

残念そうに一夜が清水屋丹右衛門の誘いを断った。

「そうですか。もっとお話ししたかったですけどなあ」

「また、今度の楽しみにさせてくださいな。わたいも京の食べものには興味がおますねん」

「是非、次は前もってお報せくださいや。おもしろい店にお連れしますよってな」

「それは楽しみで」

一夜は清水屋と別れた。

「さて、次は五条《ごじょう》市場の大野屋《おおのや》はんやな」

一夜が歩き出した。

「待たれよ」

武藤大作が一夜を止めようとした。

「大野屋はんでは、猪《いのしし》と鹿の薬食いの話をして……」

仏教の影響で殺生を忌避する風潮が広がり、肉食はされなくなった。

たしかに公家や僧侶、神官などは肉食をしない。しかし、それでは猟師が困る。そして猟師が仕事をなくせば、猪や鹿などの畑を荒らす害獣が増え、農作物の被害が広がってしまう。

結果、猟師が獣を狩り、もったいないので食べることになる。

だからといって、あまり表立って食べるわけにはいかないので、猪を牡丹《ぼたん》、鹿を紅葉《もみじ》などと言い換えて、獣だとわからないようにした。

とはいえ、それでは店売りができない。そこで猪や鹿などは、身体にいいという理由を看板にして、薬食いと称し、販売されるようになった。

「あそこやな」

薬食いをさせる店は外から見てすぐわかるように、店先に今ある獣を並べておく。

言うまでもないが、獣を嫌う人の多い京で市場のまんなかに店を構えるわけにはいかない。

大野屋は市場から少し離れた路地角にあった。

「お邪魔しますで」

「へえ、おこし」

血腥《ちなまぐさ》い匂いに表情を変えないよう苦労しながら奥へ声をかけた一夜へ、番頭が応対に出てきた。

「大坂の淡海屋の一夜でおます。大野屋さんにお会いしたいんやけど」

「淡海屋はんの……ちとお待ちを」

薬食い屋には、身分を隠した人の代理も来る。見た目で客を判断しては、後で痛い思いをする。番頭の対応は普通であった。

「……淡海屋の孫はんというのは、おまはんか」

なかから恰幅《かっぷく》のいい壮年の男が出てきた。

「お初にお目にかかります。淡海屋七右衛門の孫の一夜と申します」

「……ほんまか。淡海屋はんはお武家さんやなかったはずやけど」

大野屋が疑わしそうな顔をした。

「いろいろおましてなあ。ちょっと前に柳生家に仕えることになりましてん」

一夜が苦笑いを浮かべた。

「武家奉公かいな。そら、災難やな」

「逃げられへん義理ですねんけどなあ、災難ですわ」

大野屋の感想に一夜が同意した。

「で、その柳生家のお方が、儂になんの用や」

「今日は、祖父の猪鍋を買いにきたんと違いますねん」

「まちがいないな。淡海屋さんの好みを知っている」

にやりと大野屋が笑った。

「で、なんや」

「柳生で獲《と》れた獣を引き取って欲しいんですわ」

「なるほどな。柳生は山のなかや、猪や鹿ならいくらでもおるやろう。ただな、薬食いとはいえ、狩ったもんをそのまま持ちこまれても売りもんにならへん。ちゃんと血抜きと腸《はらわた》の処理をしてもらわんと」

一夜の申し出に大野屋が告げた。

「処理……あいにく知りまへん。どないしたらよろし」

「獣を逆さにつるして……川で冷やしてから持ってきてくれたら、買うで」

「持ちこみますよって、その分も」

「しっかりしとんな。さすがは淡海屋はんの孫や。わかった。上乗せ考えたる」

「おおきに。では、初めての持ちこみのときには付いてきますよって」

「おう」

豪快に手をあげて、大野屋が店のなかへ戻った。

「よし、昼までに二軒すませたわ。最後は、健勢堂《けんせいどう》はんやな……たしか、七条やったはず」

昼餉を後回しにして、一夜が足を急がせた。

「一夜どの」

「…………」

一夜はずっと武藤大作を無視し続けた。

第二章　真剣の重み

一

柳生但馬守宗矩は、暇をもてあましていた。

惣目付《そうめつけ》であったころは、ほぼ毎日登城して、詰め所で一日書付を見たり、下僚に指示を出すなど、朝から夕まで休む間もなく働いていた。

それが役を解かれて、することがなくなった。

一応、柳生宗矩には将軍家剣術指南役という家職がある。とはいえ、剣術指南役には小野《おの》家もあり、柳生家の独占というわけではない。

さらに柳生宗矩は惣目付として功績を期待されていたため、ほとんど三代将軍家光《いえみつ》の手元直しをしてこなかった。もちろん、柳生流を天下の剣術とするために、長男の柳生十兵衛三厳《じゆうべえみつよし》、次男左門友矩《さもんとものり》、三男主膳宗冬《しゆぜんむねふゆ》と三人の息子を家光の側《そば》に侍《はべ》らせ、剣術の稽古を担当させている。

今も三男の宗冬が小姓《こしよう》から書院番へ異動したとはいえ、城中に上がっている。

今更、惣目付を辞めたので、わたくしがとしゃしゃり出るわけにもいかなかった。

「無役というのは、落ち着かんの」

一人、屋敷のなかに設けられた道場で、柳生宗矩は座禅を組んでいた。

無役の大名は、将軍から召し出しがなければ、勝手に登城することはできなかった。

一応、月次《つきなみ》登城というのがあり、毎月朔日《さくじつ》、十五日、二十八日の三回、定府《じようふ》している大名はそろって江戸城へ上がり、将軍へ目通りをする。

その日は朝から斎戒沐浴して、登城時刻の一刻《いつとき》（約二時間）前には大手門へ着けるように早出する。愛宕下《あたごした》にある柳生家上屋敷から江戸城は近いが、それでも夜明けとともに行列を発しなければならない。それこそ、前日の夜から屋敷のなかが、忙しくなる。

とはいえ、それは月に三度である。それ以外は、じっと屋敷に籠もっている。

言うまでもないが、寺社への参拝で出歩くのは許されているし、再々では咎《とが》められるが、月に一度くらいならば、吉原《よしわら》へ遊びに行くことも黙認されていた。

暇だからといって、柳生宗矩は出歩いてはいなかった。

「遊びに出ればなにを言われるかわからぬ」

惣目付であったとき、柳生宗矩は吉原通いをする大名を、遊興に浪費を重ね、治世の素質なしとして、藩ごと潰しはしなかったが、隠居に追いこんだことがある。

その柳生宗矩の姿が、たった一度でも吉原で目撃されれば、それがどのような広がりを見せるかは一目瞭然であった。

「儂《わし》を貶《おとし》めたい奴は両手の指では足りぬ」

容赦なく大名たちを咎めた柳生宗矩だけに、たとえ毛ほどの傷でも弱みを見せるわけにはいかなかった。

「それにしても遅い」

座禅を組みながらも柳生宗矩は不満を漏らした。

己の心のなかを覗《のぞ》きこんで、そこにある欲望、悪心と対峙《たいじ》し、それを昇華する。座禅はまずそこから始まる。いきなり心を無にし、悟りに至るなどどれほどの名僧、高僧でも不可能である。なにより、柳生は剣術という人殺しの技を伝える家なのだ。無になってしまえば、敵への闘争心さえ消えてしまう。

柳生宗矩は一夜の江戸入りが遅いことに不満を漏らした。

当初、柳生宗矩は一夜を大坂から江戸へ呼び寄せるため、万一のときに警固ができるだけの腕を持ち、主君の命に忠実な武藤大作を迎えにいかせた。

江戸から大坂まで少し武芸の心得のある者ならば七日ほどである。帰りは旅慣れていない一夜を伴っているとしても十五日もあれば着く。大坂での交渉の日数も入れたところで、二十日から二十五日あればどうにかなる。

もちろん、柳生の庄へ一夜が行きたがったという連絡は来ている。在所を見ておくというのは、意味のあることである。それについて柳生宗矩は許可を出してはいないが、黙認している。

「三日もあれば終わると思ったのだが……」

はっきり言って柳生の庄に見るところはない。それほどときがかかるとは思っていなかった。

「十兵衛が食いついたな」

柳生宗矩がため息を吐《つ》いた。

長男十兵衛は、父である柳生宗矩の目から見ても、剣の才能を持っていた。ただ、それ以上の才能が弟の左門友矩にあった。

「才で及ばずば、努力で凌駕《りょうが》するのみ」

普通は弟をうらやんで、剣を捨てるか、心をゆがめるかする。どころか下手をすると、弟をいじめる。

幸い十兵衛は違い、柳生家にとってまさに宝だった剣術の才を持つ二人ともを失う事態にはならずにすんだ。

しかし、それが後に柳生家に不幸をもたらした。

「武者修業に出たい」

寛永三年(一六二六)、二十歳になった十兵衛が不意に言い出した。

「お役目をどうするつもりだ」

惣目付として忙しい日々を送っていた柳生宗矩が十兵衛を叱った。

十兵衛は十三歳で家光の小姓に出て、当初家光とともに柳生宗矩の指導を受けていた。その後、柳生宗矩に代わって家光の稽古相手を務めた。

家光の覚えもめでたく、小姓のままであったが、後は柳生宗矩の跡継ぎとして十全に家を守《も》り立てていくはずであった。

その十兵衛が廻国《かいこく》修業に出たいと願った。

「そちも吾《われ》を見捨てるか」

父母からの愛情を受けずに育った家光は、人への好き嫌いが激しい。

昨日までの寵愛《ちょうあい》が一転して憎悪に変わる。

家光は十兵衛に蟄居《ちっきょ》を言い渡すだけでは飽き足らず、小田原《おだわら》へ預けた。

武家における預かりは、かなり重い罪になる。とくに江戸ではなく、地方への預けは、流罪扱いに等しい。

「おろか者が……父の立場も考えよ」

柳生宗矩も激怒した。

惣目付という監察の息子が、将軍から咎めを受けたとあれば、役目を続けるわけにはいかなくなる。どころか連座で罪を被《かぶ》り、家が潰されることもある。

「やむなし」

柳生宗矩は十兵衛の代わりにと十五歳になった左門友矩を小姓として差し出した。

「愛《う》い奴《やつ》じゃ」

家光はたちまち左門友矩を気に入った。

左門友矩は、天下の美女と讃《たた》えられた柳生宗矩の側室藤《ふじ》の美貌を色濃く受け継いでいたのだ。

女しかいない大奥で育った家光は、女色ではなく、男を好んだ。さすがに男相手では、子供ができないと乳母《めのと》の春日局《かすがのつぼね》たちの努力で、女も閨《ねや》に招くようになったが、それでも男を相手にすることは止《や》めていなかった。

「十兵衛も許す。剣術修業も認めてくれる」

家光は左門友矩を寵愛し、手元から離さなくなった。

こうして十兵衛は小田原から解放され、廻国修業に旅立った。また将軍の寵童《ちょうどう》の父をどうこうしようという者も現れず、柳生宗矩も傷を受けずにすんだ。

だが、それで話はすまなかった。

左門友矩を気に入りすぎた家光は、二十二歳とまだ若い左門友矩を徒頭《かちがしら》に任じただけでなく、従五位下刑部少輔《ぎようぶしようゆう》の位に就けた。従五位下といえば、父である柳生宗矩の但馬守と同格であり、六千石の旗本の嫡男《ちやくなん》でさえない者が就くのは異例中の異例であった。

さらに同じ年十一月には二千石という禄《ろく》が柳生家にではなく左門友矩に与えられた。

「あまりの寵愛」

徒頭だけならば、まだよかった。七年ほど小姓として仕えている。気働きのできる者ならば、書院番や小姓番へ引き立てられることはままある。徒頭は、頭と付いてはいるが、支配する徒士《かち》はその名前の通り騎乗できない軽輩でしかない。職としての格は低い。抜擢《ばつてき》には違いないが、さほど驚かれるほどのものではなかった。

なれど刑部少輔の位と二千石はまずかった。

「あれは父親が潰した大名のあまりじゃ」

「公明正大であるべき惣目付が吾《わ》が子を贔屓《ひいき》されて、そのまま上様のご寵愛を受け取るなど……」

風当たりが柳生宗矩を襲った。

たしかに柳生宗矩の厳しい対応で潰された大名の親族や、かかわりのある者は多い。恨み辛《つら》みをぶつける機を狙っていた連中にしてみれば、待ってましたである。

「上様の御世《みよ》で立身したければ、尻を磨くべきじゃ」

「武芸などならわせずともよい。息子に閨の作法を教えこめばいい」

家光の評判も悪くなった。

事実、家光の寵愛を受けた松平《まつだいら》伊豆守信綱《いずのかみのぶつな》、阿部《あべ》豊後守忠秋《ぶんごのかみただあき》、堀田《ほった》加賀守正盛《かがのかみまさもり》らは、皆小姓あがりで、実際に閨の供を務めてきた。

「見ておれ、近いうちに柳生の次男も大名になる。そうなったとき、父親は監察できるのかの」

「惣目付といえども、身内はかわいかろう。なにより、息子は上様のご寵童じゃ。誰も手出しなどできん」

噂《うわさ》が惣目付の職務に及んだとき、柳生宗矩は顔色を変えた。

「このままでは、惣目付が任を果たせなくなる。誰も惣目付の監察を受け入れまい」

己が役目を辞さなければならなくなると考えた柳生宗矩は、息子左門友矩を説得、病気療養との理由で国元へ戻した。

「柳生はこのままで終わってはならぬのだ。剣術指南役では出世が望めぬ」

一度領地を召し上げられ、食うに困ったときの記憶は薄れていない。権力者の気分一つで、武家など簡単に潰されてしまう。

なにせ、柳生宗矩が潰す材料を作って回ったのだ。潰されて当然という家もあったが、すべてそうだったわけではない。なかには、将軍の機嫌で潰された家もある。

「思《おぼ》し召すところこれあり」

よく使われる言い回しだが、なにが悪かったのかを教えられず、咎めを受けるのは我慢ならない。

「左門は別家を立てた」

すでに左門友矩は家光から二千石をもって旗本として別家を認められている。これが別家の前ならば、柳生宗矩もここまで焦ることはなかった。

徒頭という役目に就いていようとも、当主である柳生宗矩の管轄下にあることに違いはなく、連座を受ける。

それが別家すると左門友矩は当主として、柳生宗矩のもとから独立した旗本として扱われる。

別家したところで連座は避けられないが、それでも罪が違う。柳生宗矩が切腹を命じられたとして、嫡男の十兵衛は切腹あるいは放逐となるが、左門友矩は閉門、蟄居というところになる。最悪、禄の半知くらいは喰《く》らうだろうが、そのようなもの、あとでどうにでもなる。

つまり、左門友矩が別家したことで、家光の柳生家への気遣いがなくなるのだ。

いや、本家たる柳生家を潰して、そのあとに左門友矩を持ってくるくらいのことをしかねない。

それに思い当たったから、柳生宗矩は左門友矩を家光から引き離し、国元へ幽閉した。

「病とあればいたしかたなし」

家光も理由が理由だけに柳生宗矩の病気療養願いをすんなりと認めた。

とはいえ、信じているわけではない。家光は左門友矩の療養屋敷を建てる費用を御《お》手元金《てもときん》から出し、柳生藩の陣屋代わりとしている庄屋屋敷よりはるかに立派なものを用意させた。

「それだけならば……」

思い出しながら柳生宗矩が苦い顔をした。

家光は柳生宗矩の功績に報いるとして、四千石を加増した。これで柳生家は合わせて一万石となり、大名に列した。その代わり、柳生宗矩は惣目付から外され、権力を失った。

「保科《ほしな》さまのために二十八万石までの加増を用意せいとご命じになった。でありながら執政《しっせい》として幕政を預けられる、要路ではない領地」

惣目付を解かれた後、家光に呼び出された柳生宗矩は、家光の腹違いの弟保科肥後《ひごの》守正之《かみまさゆき》をその出自にふさわしい大名とするよう命令された。

「御三家より劣ることはならぬ」

家光の条件にあった場所は、江戸近辺となれば会津《あいづ》くらいしかなかった。

「会津加藤《かとう》式部《しきぶ》少輔《しょうゆう》四十三万五千石をどうにかしろか。さすれば左門を取り立ててくれるとの御諚《ごじょう》であったが……あれは左門を取りあげた罪をなかったことにしてやるとの意。できなければ、柳生は滅びる」

しっかりと柳生宗矩は家光の意図を読んでいた。

「陰の惣目付といえば、聞こえはいいが……」

　大名の粗を探して潰すのは惣目付の役目である。ただ、表沙汰にできない理由での改易あるいは減封、転封を科すだけに、表立つことは何一つできない。

　つまり、役目ではなく、柳生宗矩が勝手に動いたという形になる。

「役料も手当もいただけぬ」

　金ほど動きのわかりやすいものはなかった。幕府の金はすべて勘定奉行が握っており、わけのわからない出金など認められるはずはなかった。

「なにをするにしても金が要《い》る。藩政にも、そして陰役にも……ええい、一夜はなにをしておる」

　心を静めるどころか、柳生宗矩は苛立《いらだ》った。

二

　京を出てからも一夜は武藤大作と口を利かなかった。

「荷を馬に載せてんか」

　一夜は馬引を見つけては、荷を預けた。

「次の宿まででよろしいか」

「ええで。いくらや」

「百文お願いしやす」

「ほい」

「ありがとうさんで……お客人、百二十文ございますが」

一夜から渡された銭を数えた馬引が驚いた。

「酒手や。後で払うのも面倒やろ」

馬でも人足でも頼めば、料金の他に酒手と称する心付けが要った。酒手は距離や道の状態で変わるが、おおむね一割くらいである。

それよりも一夜は多めに渡した。

「よろしいんで。これはどうも」

うれしそうに馬引が懐へ金を仕舞った。

「……………」

「なあ、最近、街道筋はどうや」

なにか言いたそうな武藤大作を目にも入れず、一夜は馬引相手の世間話を始めた。

「ずいぶんましですわ」

「ましということは、まだあかんところがあるんやな」

馬引の感想に、一夜が突っこんだ。

「それは言い出せば、いくらでも文句は出ます。道は穴だらけというか、轍《わだち》で歩きにくいですし、やっぱり野盗は出ますしね」

「なるほど……たしかに轍が残ってるなあ」

一夜が足下を見た。

「これほど轍が残ってるんは……」

「お大名はんの引っ越しが先日ありましたからだと」

驚く一夜に、馬引が答えた。

「転封か。もうかったやろ」

転封や参勤交代には、多くの荷物が伴う。とくに転封の場合はとてつもない量になる。

藩主の身の回りのもの、道具などでもかなりあるが、そこに家臣全部の荷物が加わる。さすがに家臣のぶんの荷物は藩ではなく個々で輸送するため、荷車や人足などをあらかじめ手配していたり、売れるものは売ってしまって身軽になっているというのもあり、さほど街道筋で馬引などを頼まないが、藩の荷物はそうはいかなかった。

転封は、領地替えでもあり、まずもとの領地へ戻ってくることはない。つまり、荷物を置いておくとか、預かってもらうことができない。

つまり転封の荷物には、蔵にしまっている鉄炮《てつぽう》、弾薬、米、什器《じゆうき》が含まれる。どころか、場合によっては城や御殿の襖《ふすま》、欄間まで持っていく。酷《ひど》い大名になると、庭の樹木、石も残さなかった。

「おかげさまで仕事はございましたけどなあ。お武家はんは、なかなか……」

こちらが武家の格好をしているからか、馬引が濁した。

「酒手をくれへんか」

「へい」

笑いながら言った一夜に馬引がうなずいた。

「まあ、転封される大名も災難やさかいな。五万石を十万石に増やしての移動やったら、心も浮くやろうけど、同じ石高での移封となったら、引っ越しのぶんだけ持ち出しやからな。ましてや、減らされてあっち行けはかなわんやろう」

「そうですなあ」

馬引も同意した。

「せやけど、そんだけ大名の引っ越しがあったら、武家もようけ動くわな」

「そうですなあ。お武家さまのお姿はよくお見かけしますわ」

話を少しだけ一夜がずらし、馬引が応じた。

「剣呑《けんのん》なことはないか」

「…………」

馬引が黙った。

「安心し。わたいはその手の筋の者《もん》ではないで。今回初めて上方《かみがた》から江戸へ下る旅に興味津々なだけや」

すぐに一夜が悟った。

「……さようですか」

あからさまに馬引がほっとした。

「で、どうなんや。武家が乱暴働くようやったら、わたいも気をつけなあかん。見てわかるように、刀は苦手やねん」

「お付きのお方は、ご立派な風体でございますけど」

ちらと馬引が武藤大作を見た。

「危ないときにいつも一緒とは限らへんやろ」

「……そういうものですか」

冷笑を浮かべた一夜に、馬引がなんともいえない顔をした。

「では、お話ししますけれど。まず、身形《みなり》の立派なお方は、刀の鞘《さや》が当たったとか、じっと見ていたとかでなければ、まずなにもなさいません」

「身分にかかわるからな」

相手が誰であれ、乱暴を働いたことが藩に知れれば、まず無事ではすまなかった。もちろん、町人に問題がある場合などは、無礼討ちとして認められることもあるが、それを調べ終わるまでは謹慎しなければならない。後で無罪放免となっても、謹慎しなければならないことを起こしたとの傷は残る。

また、町人に原因があったとしても、宿場や街道を支配している大名が、己の藩主よりも格上だったりすると、無礼討ちは主張できなくなる。

たとえば、尾張《おわり》藩など徳川一門の領内でのもめ事は、どのような理由があろうとも他藩の者が折れなければならない。

「何々藩が御三家へ、不遜《ふそん》な態度をとった」

幕府へそう訴えられると、待ってましたと惣目付が出てくるからだ。

「となると、ややこしいのは」

一夜が馬引に先を促した。

「牢人《ろうにん》がいけません」

　馬引が嘆息した。

「押し借り、ただ食い、女に手出しと、まったくなにを考えているのか」

「やっぱり牢人はあかんか」

「宿場の役人たちは」

「言えば、動いてくれますすけど……」

「手遅れというわけや」

　馬引の言いたいことを一夜はしっかりと理解していた。

「牢人が宿場にいるだけやったら、咎められません」

「そらそうや。いかに牢人が悪さをするからというて、なんもしてない牢人を前もって捕まえるわけにはいかへんわな」

　一夜が納得した。

「牢人さえ気をつければ、仕事はあるんやろ」

「おかげさまで。毎日、食べていけてます」

「ものの値はどうや」

「高くなってきてます。この間まで一升で四十文やった米が五十文になりましたし、酒も寝酒で二合は呑《の》めていたのが、三日で二合に減らされました」

馬引が苦笑した。

「ええがな、女房がいてくれたら、飯も洗濯もやってくれるんやろ」

「その代わり、雨でも降らない限り、さっさと稼いでこいと尻を叩《たた》かれます」

一夜の羨《うらや》むような言葉に、馬引が頬を緩めた。


馬引を頼んだり、旅籠屋《はたごや》で番頭と話したりしながら、一夜は江戸へ進んだ。

明日には江戸に入る。最後の宿として川崎《かわさき》を選んだ一夜に、武藤大作が真剣な表情で話しかけた。

「一夜どの」

「気づいてるで」

素《そ》っ気《け》なく一夜が応じた。

「……いつから」

「昨日の夕方くらいかな、これはと思ったんわ」

武藤大作が驚いたのに、一夜が答えた。

一夜たちは牢人に尾《つ》けられていた。

「五人くらいが、みょうにこっちを見てくるよってな、顔を覚えて気にしてたんや。そしたら、昨日の宿へ入る前に、抜いて行きよったやろ。あのときにこっちの懐を探るような気配を感じたし、朝は宿場の外れで先に行ったくせに、たむろしてた。これだけあれば、変やと思うがな」

「お見事ながら、全部で七人でござる」

「あかんなあ、二人も見逃してたか」

言われた一夜が天を仰いだ。

「どうなさる」

武藤大作が問うた。

「そうやなあ……」

さすがにこうなると口を利かないというわけにはいかない。一夜が武藤大作に身体《からだ》ごと向き合った。

「役に立ってくれるやろ。それがおまはんの役目や」

「もちろんでござる。なれど、七人を一度で排除できませぬ」

皮肉げな一夜に、武藤大作が首を横に振った。

「何人ならいける」

「相手の布陣にもよりまするが……」

武藤大作が難しい顔をした。

「街道でわいらを取り囲むとしてや」

「前後左右、全周を」

「そうや」

条件を確認した武藤大作に、一夜がうなずいた。

「正面の三人、あるいは後ろの三人」

「七人で四面を囲むんや。三人という固まりはでけへんで」

強く言った武藤大作に、一夜があきれた。

「……うっ」

武藤大作が詰まった。

「簡単な勘定やで。七人を四方で割ったらええ。二人が三カ所、一人が一カ所になる」

ささっと懐から紙と矢立《やたて》を出して、一夜が図を描いた。

矢立は携帯できるようにした硯《すずり》と筆である。墨をいれてわざと乾燥させた墨壺《すみつぼ》と、柄の太さと長さを半分くらいに縮めた筆を一つにまとめている。水を墨壺に数滴垂らすことで、文字を書くことができた。

「獲物に逃げられるのが狙うほうからして一番嫌やろ。ほな、前後を押さえるのは常道や。前に二人、後ろに二人」

一夜が人数を書いていく。

「ということは、右か左に二人、残りが一人になるか」

「いいや」

指を折って数えた武藤大作に、一夜が首を横に振った。

「そんなことをしたら、一人きりのところへ、襲いかかるやろう」

「むっ、確かに」

武藤大作が納得した。

「左右は一人ずつで、余った一人が、いつでも駆けつけられるように、少しだけ離れたところで待機やろ」

「なるほど」

人形が描かれた紙を武藤大作がじっと見た。

「飛び道具はなかったよな」

「弓も鉄炮も見ていない」

訊《き》いた一夜に武藤大作が告げた。いつの間にか言葉遣いが砕けてきた。

「飛び道具は金がかかるからなあ。まず心配はせんでもええやろう」

一夜が安堵《あんど》した。

鉄炮も弓も遠くから敵を狙える。相手がどれだけ剣の達人でも、鉄炮で撃たれたら死ぬ。弓でも同じである。

ただ、鉄炮は撃つのに弾《たま》と玉薬が、弓は矢が要る。どちらも使い捨てである。矢はうまく骨を避けて喉や胸の急所を射抜ければ再利用できるが、骨に当たれば鏃《やじり》や矢柄がゆがむ。

つまり、弓も鉄炮も武器として使うと金がかかる。斬り取り強盗でもしようかという牢人に、それだけの金はないし、食いつめ牢人に玉薬や矢を売る商人はいない。

強力な武器である鉄炮や弓矢は、そのほとんどを幕府や藩主が管理し、猟師などそれを使うことを生業《なりわい》としている者以外の手に入らないように気を遣っていた。

不逞《ふてい》な者の手に、十分な玉薬や矢があれば、ろくなことにはならないとわかっている。

「ただ、槍《やり》がいた」

「槍が……それは面倒やな」

武藤大作の言葉に、一夜が眉をひそめた。

槍は戦場の華ともいえる武器であった。太刀の届かない離れたところから、一方的に敵を攻撃できるのに加えて、鋭い穂先は突くだけでなく、薙《な》ぐこともできる。

「槍は一人か」

「ああ」

確かめた一夜に武藤大作が首肯《しゅこう》した。

「そいつ次第やな。おまはんやったら、槍遣いをどこに配する」

紙を一夜が武藤大作に近づけて尋ねた。

「……吾ならば、ここ」

武藤大作が、後ろを指さした。

「後ろに槍があれば、背中から狙われることになる。どうしても、そっちに気を取られて、他への対応がおろそかになる」

「背中合わせ……あかんな。どう考えてもわいが足手まといや」

一夜が大きな息を吐いた。

「後ろに槍がいたら、全力で前を突破するしかない」

「それくらい向こうもわかっているやろう。となると、前には一番の遣い手がいてるはずや」

武藤大作の話に一夜が首を左右に振った。

「そのていど、どうということはない」

「前を突破するという策で行くか」

「そのようなもの、策とも言えぬがな」

武藤大作が口の端をゆがめた。

「ほなら、わいは必死でおまはんの背中に張りつくわ」

刀を帯びているとはいえ、柳生の庄にいた数日の間素振りをしたていどである。とても抜く気にはならないと、一夜が宣した。

「見せてくれる。柳生の剣をな。傷一つなく、おぬしを殿のもとへ連れていく」

武藤大作が目を細めた。

三

朝の宿場は忙しい。旅人の出立で旅籠も木賃宿も大わらわである。

「どうぞ、弁当でございまする」

「すまんな」

一夜が武藤大作のぶんも合わせて、背中に荷物をくくりつけた。

「拙者が持つぞ」

「阿呆《あほ》言いな。おまはんにはせんならん仕事があるんやで。少しでも身軽でいってもらわんと」

手を出した武藤大作を一夜が制した。

「そうだな」

武藤大作が同意した。

「そろそろ行こか。どうせ、宿場を出たところで、勢子《せこ》が待ってるやろうしな」

「勢子……」

「獲物を追いたてなあかんやろう。猟師の待っているところへ」

首をかしげた武藤大作に、一夜が笑った。

「ふん。ならば獲物として追われてやろう。鹿のつもりでいるだろう連中に、狼《おおかみ》だったと知らせてやらねばの」

戦えるとわかってから武藤大作の雰囲気が違っていた。

「狼は群れで戦うんやで」

「そうか、狼と子犬か」

「せめて犬にしてんか」

二人が掛け合いをしながら、江戸へと足を進めた。

「ほら、いてた」

一夜が目で宿場を出てすぐのところに佇《たたず》む牢人二人を見つけた。

「槍持ちはおらぬな」

「そんなもん宿場近くで見せたら、役人に言いつけられるだけやで」

ちらと目を辺りに走らせた武藤大作に、一夜が囁《ささや》いた。

「それもそうだ」

武藤大作が小さくうなずいた。

「やり過ごすか、それともここで片付けるか」

「相手の戦力を削るという意味では、ここで片付けたいところやけど宿場が近すぎる。柳生家の者が宿場近くで牢人と闘争はまずかろう」

「柳生とわからねばよかろう」

「歯止めが利かなすぎや、武藤はん」

旅に出て初めて、一夜が武藤大作を名前で呼んだ。

「もうちょっと他人目《ひとめ》がなくなるまで、抑え」

「他人目がなくなったらいいのだな」

「まとめて仕留められるんやったらな。一人でも逃がしたら、待ち伏せされるで。姿を隠されたら、ちいとまずい」

どこに敵がいるかわかればこそ、動きようもある。逃げた先に伏せ勢がいたら、武芸の経験のない一夜はやられるしかない。

「あのていど、一息で片付ける」

武藤大作が宣した。

「ほたら……あそこの茂みを使うで」

一夜が牢人たちの前を無視して歩き出し、少ししたところで街道を外れた。

「小便、小便」

茂みに入りこんだ一夜が、牢人たちに背を向けてごそごそし始めた。

「……………」

牢人たちが少し離れたところで一夜たちを見張っていた。

「うわっ、蛇や」

大仰に一夜が、跳びあがって騒いだ。

「蛇が怖いとは」

「なぜあのていどが仕官でき、我らが浪々せねばならぬ」

二人の牢人が嘲《あざけ》りの笑いを浮かべた。

「少なくとも、おまえたちよりは賢いぞ」

いつの間にか武藤大作が、右手に抜きはなった太刀をぶらさげながら近づいていた。

「なっ」

「どこだっ」

一夜に目をやり、武藤大作から注意を逸《そ》らした牢人たちが、驚愕《きょうがく》した。

「くそっ」

「やむを得ぬ。こちらが一人多いのだ」

牢人たちが振り向いて柄《つか》に手をかけた。

「よし」

柄に手をかけたことで、戦う意志を見せた。鋭く武藤大作が一歩踏みこみ、太刀を振るった。

「あっ」

「なんだ」

二人の牢人が合わせたように、大きく傾いて転んだ。

「あ、足が……」

「ぎゃああ」

地に落ちた牢人たちが太もものところで片足を断ち切られたと知って絶叫した。

「刀のさびにするのも腹立たしい」

武藤大作が太刀についた血脂を嫌そうに見た。

「殺さへんかったんや」

近づいた一夜がわめいている牢人たちを冷たい目で見下ろした。

「臓物は刀の切れ味が落ちる」

「首狙ったらええんとちゃうんか。臓物ないで」

「小さすぎる。少し首を傾けられたら、突き通すはずが血脈を断ってしまう。返り血は洗っても落ちん」

一夜の考えを間違っていると武藤大作が正した。

「返り血はかなわんな。目立つわ」

一夜が首肯した。

「た、助けてくれ」

「て、手当を」

　牢人たちが一夜にすがった。

「殺そうかと思ってた相手に、命乞いは無駄やろ」

「いや、脅すだけで殺すつもりは……」

　あきれた一夜に言いつのろうとした牢人が、口をつぐんだ。

「命の売り買いで失敗したんや。損を取り戻したいんやったら、新しい商品を出し。悪いけどな、こっちはおまえらの命に一文の値打ちも認めてへんねん」

「新しい商品……」

「そうや。ここにいない連中のこととか、どこにいてるとか」

　わからないといった顔の牢人に、一夜が要求した。

「言う、言う」

　もう一人の牢人が必死で言った。

「何人残ってる」

「六人だ」

「……武藤はん」

「五人ではなかったのか」

「昨夜、一人増えた」

武藤大作に問われた牢人が、足を押さえながら答えた。

「どんなやつだ」

「大柄で膂力《りょりょく》自慢の男だ」

「何を使う」

「大太刀だ」

「振るうところを見たか」

「見ておらぬ。ただ、大坂の陣で三人を一撃で両断したと自慢していた」

「どこで待ってる」

武藤大作の尋問を聞いていた一夜が割りこんだ。

「六郷《ろくごう》川の手前、土手下。なあ、もう良いだろう」

泣かんばかりに牢人が手当を頼んだ。

「ええか、武藤はん。もう保《も》たへんで」

「……しかたない」

まだ足りなそうだったが、そろそろまずいぞと促した一夜に武藤大作が不承不承ながら認めた。

「助けてくれるのか」

「街道を行く者に声はかけてやる。ここに怪我人《けがにん》がいるとな」

「手当は……」

「近づくほど馬鹿ではないわ」

傷をどうにかしてくれと求めた牢人に、一夜が冷たく拒んだ。まだ刀を抜いてはいないが、手のうちや懐に武器を忍ばせていないという保証はなかった。うかつに近づいて、一夜が人質にされれば、武藤大作に迷惑をかける。

「行くぞ」

「承知」

太刀に拭《ぬぐ》いをかけて鞘に戻した武藤大作が、一夜を催促した。


川崎の宿場から六郷川までは近い。

六郷川には、関ヶ原の合戦に向かう軍勢を渡すため、徳川家康の指示で橋が架けられていた。もっとも軍勢を通すだけの簡易なものでしかなく、手すりなどは設けられていないし、川面《かわも》からの高さもあまりない。

少し水量が増えただけで、橋の上まで川の水が来てしまい、渡れなくなった。

川崎の宿場から六郷川までは近い。一夜の目に六郷川の土手が見えてきた。

「いない……」

一夜が遠目に見て、首をかしげた。

「嘘《うそ》を吐く余裕はなかったはずやがな」

「二人が帰ってこないのに気付いたのだろう」

怪訝《けげん》な顔をした一夜に、武藤大作が応じた。

「少し手間取り過ぎたか」

尋問にときをかけすぎたと武藤大作が後悔した。

「そのぶん、相手のことが知れたんや。差し引きでいうたら、得してるで。予定外の一人がいるとわかっているだけで、かなり楽や」

一夜が問題はなかったと首を横に振った。

「そうだな」

武藤大作がうなずいた。

「姿がないからというて、あきらめてはいないやろうな」

「そのていどであきらめるくらいなら、最初から斬り盗り強盗なぞせぬだろう」

ため息交じりの一夜に武藤大作が返した。

「ということは……」

一夜が六郷川のほうを見た。六郷川は土手よりかなり低いところを流れている。ここからは土手が邪魔をして、川も橋も見えなかった。

「土手の向こう側ということだな」

武藤大作が淡々と告げた。

四

牢人たちは、じっと土手を見つめていた。

「西原《にしはら》と岩山《いわやま》が今になっても戻ってこぬということは……」

「二人が見つかるようなへまをしたか、あるいは二人だけでいい思いをしようとしたかだな」

一同を率いる槍の牢人と年嵩《としかさ》の牢人が顔を見合わせた。

「昼まで待って、来なければ、西原と岩山が逃げたと考えるしかないが……」

「なあに、どうせすぐに見つけ出せるさ。我らと反対に東海道をのぼって逃げるはずだ。それも金があるとなったら、どこぞの宿場町で飯盛り女相手に居続けているだろう」

「見つけたら……」

「身ぐるみ剝いで、二度とこのようなことができぬよう、この世から消し去る。食えぬときは、一つの握り飯を皆で分け、雨風が強ければ身を寄せ合って暖を取りして生きてきたのだ。仲間を裏切るのだけは許されぬ」

　槍の牢人が氷のような目をした。

「二人がやられたとすれば……」

「そのときは、敵討ちよ。こちらは六人、それも戦場往来を経験した猛者《もさ》ばかり。二人が多少遣えたところで勝負にならぬ」

　年嵩の牢人の懸念を、槍の牢人が一蹴した。

「おい、土手に伏せている滝《たき》が手を振ったぞ。獲物が来たようだ」

　二人の側にいた背の低い牢人が、声をあげた。

「……どうやら二人はやられたな」

　逃げるにしても仲間のいるほうを選ぶのが普通である。

　槍の牢人が二人欠けたと判断した。

「まあいい。いつものようにするだけだ」

「あの男は大丈夫か」

ちらと年嵩の牢人が、橋の中央に陣取っている大柄な新顔の牢人に目をやった。

「遣えるだろう」

「信用できるのかと訊いておるのだ」

「できるならば、遠くにはおかぬ」

槍の牢人が小声で告げた。

「ならばいいが……西原たちが死んで数が減ったうえに、怪しい新顔。どうも嫌な予感がする」

年嵩の牢人が、危惧《きぐ》を口にした。

「飢えて死ぬか、命を賭けてでも金を得るか。不安だったら抜けていいぞ。主家を幕府に潰されても何一つできなかったのだ。死に方くらい、己で選ぶがいい」

「関ヶ原で手柄を立て、藩でも武辺者として尊敬を受けた儂が、飢え死にはしたくない」

「斬り取り強盗で返り討ちに遭うよりましかもしれんぞ」

槍の牢人が嗤《わら》った。

「ふん」

「来るぞ、気を入れろ」

鼻を鳴らした年嵩の牢人から、槍の牢人が目を離した。

多くの旅人が通行するためか、土手にはしっかりとした道ができていた。

「いるの」

「はあ」

楽しそうに口の端を吊《つ》り上げた武藤大作に、一夜が嘆息した。

「十兵衛どのといい、左門どのといい、武藤といい……柳生は血に飢えているんかいな」

「武士は戦場にあってこそ、花咲く。泰平の武士など、張り子の虎ぞ」

あきれる一夜に、武藤大作が応じた。

「行くぞ」

「速い、足、速いって」

さっさと進んだ武藤大作の後を一夜が追った。

「……やはり西原たちは、やられたな」

待ち伏せしていた牢人たちを見ても、変わることなく近づいてくる武藤大作を見て、槍の牢人が首を小さく横に振った。

「二人ともか。どう見ても獲物の一人は、まったく武芸の経験がなさそうだぞ。坂道を下るときに、体勢が揺れている」

「たしかにおぬしの言うとおりだな。となれば、前を行く侍が、西原たち二人をあしらえるだけの腕があるとなるな」

「かなりできるぞ」

　槍の牢人の推測を年嵩の牢人が認めた。

「さて、行くぞ」

　すっと槍の牢人が前へ出た。

「卒爾《そつじ》ながら」

　槍の牢人が五間（約九メートル）ほどのところで、武藤大作に声をかけた。

「…………」

　黙って武藤大作が足を止めた。

「聞こえておらぬのか。卒爾ながらと申したのだが」

「…………」

「話くらいしい。獣やないねんから」

　普段の獲物と違った反応に戸惑った槍の牢人へ、武藤大作は殺気をぶつけ、一夜が宥《なだ》めた。

「そちらの御仁は、どうやら話が通じるようだ」

　槍の牢人が、武藤大作を警戒しつつ、一夜を相手にした。

「で、用事はなんや。こっちは江戸へ急いでるねん。あんまり無駄に足留めせんとってや」

「承知いたした」

　急《せ》かす一夜に槍の牢人が首肯した。

「拙者の主家の名前はご勘弁願うが、事情で浪々の身になってござる。あらたにご奉公の先を探すために江戸へ向かっておるのだが、お恥ずかしい限りながら路銀が尽きましての。いささかの借財をお願いいたしたい。うまく仕官できれば、お借りした金はお返しする。もちろん、相応の礼もする。お願いできまいか」

　槍の牢人が要求を述べた。

「なるほど。ようは金を借りたいと言うんやな」

「いかにも」

「いくら借りたいねん。返済の期限はいつや、利子は一年に一割でええか。返済するまでの間、担保としてなにを出すんや」

「えっ……」

真顔で条件を言った一夜に、槍の牢人が唖然とした。

「まさか、どうやって返すかとか考えんと借財を申しこんだんか。そんなもん、話にならんがな。金を借りるというのは、返せるあてがある者のやることっちゃ。たとえば、牢人してしもうて、食べていかれへんなったから、剣術の道場でも開いて弟子を取り、その束脩《そくしゅう》で生活しようと考えてる。けど、道場を借りる金がない、稽古道具を揃《そろ》える金がない。そこで金を借りて、道場の体裁を整える。そして一年経《た》ったら、金を返せるようにしますというのなら、そうか、ほな、貸そうかという気にもなる。あるいは、武士をあきらめて商人になりたいけど、資本がない。こういう商いをして、こうやって儲《もう》けていくので、金を出してくれへんかっちゅうねんやったら、こっちもいろいろ考えんでもおまへんけどなあ。相応の礼ちゅうだけで、初めて会うた牢人に金を貸すほど酔狂やない、そもそも……」

「待て、待て、待て」

滝のように文句を並べる一夜に、槍を持った牢人が慌てて止めに入った。

「誰が借財の話をしているのか。我らは合力《ごうりき》を求めておるのだ」

「合力……つまり、金をよこせと」

「そうじゃ」

「強請集《ゆすりたか》りの類《たぐい》やと自ら認めるんやな」

「いいや、強請集りではない。ふたたび世に出たときはかならず返す。不遇の今を哀れだと思うならば、金をいささか融通してくれと申しておる。武士は相身互い身と言うではないか」

　確認をした一夜に槍を持った浪人が首を左右に振った。

「ほな、あかんわ」

「牢人は武士ではないと愚弄するか」

「いいや、わいは武士やない、こんな格好してるけど商人や」

　よし言いがかりをつける機が来たと勢いこんだ槍の牢人に、一夜が舌を出して見せた。

「なんだとっ」

「落ち着け。あいつの策だ」

　とうとう頭に血がのぼった槍の牢人を、年嵩の牢人が抑えた。

「ばれたか。後は任しますで、武藤はん」

「十分であったわ」

武藤大作がにやりと笑った。

一夜がからかっている間に、武藤大作は牢人たちの配置や腕が立つかどうかなどを検分していた。

「くそっ」

嵌《は》められたと知った槍の牢人が憤った。

「皆、囲め」

槍を振りあげて待機していた牢人たちを呼んだ。

「させるか」

足を滑らせるようにして、武藤大作が一気に間合いを詰めた。

「くっ」

槍の牢人が慌てて、槍を構えなおし急いで武藤大作を突いた。

「むん」

武藤大作が身体を横にして、槍を外した。

「甘い」

すぐに牢人が槍を戻した。

「逃げられぬ」

間合いは三間（約五・四メートル）、まだ刀は届かない。まさに槍の得手とする間合いであった。

「きええええ」

槍を誇示するように持っているだけのことはある腕であった。電光石火とばかりに槍を繰り出した。

「おうやっ」

なんと武藤大作は腹を狙ってきた槍を跳んでかわした。

「なにっ」

予想外の動きに、槍の牢人が目を剝《む》いた。

「おうりゃあ」

跳びあがった後、落ちながら武藤大作が太刀を振り、槍の柄を斜めに断った。

「しまった……」

穂先を失えば、槍はただの棒になる。それだけならまだ杖術《じょうじゅつ》の武器として使えただろうが、すでに武藤大作は太刀の間合いにいる。

「ちいっ」

槍の残骸を捨て、牢人が太刀に手をかけた。

「きええええ」

奇声を発し、武藤大作が下段になっていた太刀で牢人の下腹から胸へと斬りあげた。

「あふっ」

青白い腸を溢《あふ》れさせて、槍の牢人が腰を抜かした。

「立山《たてやま》……くっ。かかれ」

年嵩の牢人が一歩下がりながら、周囲に指示を飛ばした。

「構えておけ。少しは牽制《けんせい》になる」

武藤大作が一夜へ命じた。

「無茶いいな。抜き方さえ知らんわ」

一夜が顔色を変えた。

「案山子《かかし》のように突っ立っているだけか」

「素振りさせるくらいやったら、抜き方教えとけ」

商売の都合上、刀を形《かた》に取ることはままあり、一応の目利きはできるだけの素養は身につけているが、それは両手を使って鞘から刀身を出すものであり、腰に差した太刀を鞘走らせた経験は、一夜にはなかった。

「なんとかせい」

教えている間などない。武藤大作が年嵩の牢人に太刀を向けながら、近づいてくる四人の牢人を見ていた。

五

一夜は太刀の柄を右手で、鞘を左手で摑《つか》んだ。

「鯉口《こいぐち》を切って……」

刀がそう簡単に抜け落ちないよう、鞘には鯉口という工夫がなされている。これを緩めなければ、刀は抜けなかった。この行為を鯉口を切るといい、刀の鑑定のときでもおこなう。

「よっしゃ、緩んだ」

一夜が喜んだ。

「このまま抜けば……あかん」

腰に差した太刀を真《ま》っ直《す》ぐ抜こうとしたところで、無理である。脇差《わきざし》のような刃渡りの短いものならば、まだどうにかなるが、三尺（約九十センチメートル）近い太刀となれば、腰をひねって鞘を遠ざけるようにしないと抜けない。

一夜が唖然とした。

「なんで、抜けへんねん」

両手で柄を摑んで、力任せに抜こうとしても、切っ先は鞘のなかにある。

「抜けへん」

泣きそうな声を一夜があげた。

「………」

年嵩の牢人と背後を窺う牢人の二人を相手にしている武藤大作は、一夜を振り返りもしなかった。

「見ろ、あの姿」

「刀を扱ったことさえないようだ」

一夜に向かっていた二人の牢人が嘲笑した。

「猫を殺すほうが難しいわ」

嗤いながら一人の牢人が太刀を振りあげて近づいてきた。

「こらあかんわ」

「死ね」

太刀から手を放した一夜に牢人が斬りかかった。

「うわお」

一夜が大きく身体を傾けて、これを避けた。鯉口を切られて、鞘のなかで浮いているような状態だった太刀が、

「……抜けた」

鞘から太刀が滑り落ちた。

急いで一夜が太刀を拾いあげた。

「遅いわ」

一撃をかわされた牢人が、もう一度斬りかかった。

「……おっと」

今度は身体を回して、また一夜が逃げた。

「ちょこまかと面倒な。さっさとあきらめろ」

「やかましいわ。おまえらも生きていくのをあきらめられへんから、他人を襲ってるんやろうが」

太刀を青眼に構えながら、一夜が言い返した。

「無駄なまねを」

一夜が戦う姿勢になったのを見た牢人が嘲った。

「…………」

迫る牢人を見つめた一夜が、首をかしげた。

「どうした」

怪訝な顔をした一夜に、牢人が問うた。

「あきらめたか」

牢人が口の端を吊り上げた。

「怖うない。十兵衛どのや左門どのに比べたら、鷲《わし》とひよこや」

一夜が牢人を見て呟《つぶや》いた。

「なんだと」

「おい、さっさと片付けてやれ。恐怖で気が触れたのだろう」

言われて憤る牢人をもう一人が慰めた。

「無理もないか。なれば、一刀で仕留めてやるのが情け」

牢人が一夜へ襲いかかった。

「遅っ」

十兵衛と比べた一夜が思わず漏らした。

「こいつ」

余裕をもって避けた一夜に、牢人が怒りを覚えて、一刀を送った体勢から無理な斬撃を放った。

「阿呆。届かんわ」

一夜は牢人の切っ先が外れて流れるのを見送ってから、踏み出して太刀を真っ直ぐに伸ばした。

「ひゃっ」

すっと一夜の太刀が、牢人の横腹へ吸いこまれた。

「やられた、やられた」

牢人が太刀を放り出して、傷口を押さえた。

「渡辺《わたなべ》……」

仲間一人で十分だと余裕を見せていたもう一人の牢人が、顔色を変えた。

実戦経験のある者は、皆腹をやられたら助からないと知っていた。腹を斬られても急所である肝臓を避けていれば、即死はまずなかった。その代わり、傷つけられた胃や腸から漏れた液が自らの体内を溶かし、数日で高熱を発して苦しみ抜いて死ぬ。

「助けて、助けてくれ」

「……………」

傷から血が出るのを少しでも抑えようと手を当てながら、渡辺と呼ばれた牢人が手を伸ばした。

「後で楽にしてやる」

苦しませるのはしのびない。止《とど》めを刺してやると告げ、残った牢人が一夜に顔を向けた。

「偶然とはいえ、長年行動を共にしてきた朋輩《ほうばい》をやられては、そのままに捨て置けぬ。仇《あだ》を討たせてもらう」

「勝手なことを抜かすな。そっちからものを奪おうと斬りかかってきて、やられたら仇討ちやと。寝言もええ加減にせんかい」

「しゃっ」

一夜がしゃべっている隙を容赦なく、牢人が狙ってきた。

「ふん。当たらんわ」

「なぜだ。なぜ、避けられる」

「遅いからや。蝸牛《かたつむり》が這《は》うようなもんに、なんで斬られなあかんねん」

牢人が不思議そうに訊いたのに、一夜が言い返した。

「見えているだと。刀も抜いたことがないくせに。いや、そうか。刀ではなく、毎日鳥の飛ぶのを見ているだけでも、目は鍛えられるか」

　否定しかけた牢人が、自ら納得した。

「ならば、動けぬようにするまでよ」

　牢人が太刀を大上段に構えた。

「威の位を喰らえ」

　ぐっと牢人が睨《にら》みつけてきた。

　威の位とは一刀流《いっとうりゅう》の技で、大上段からの一撃で斬るとの必殺の意志をこめることで、相手を恐怖させ、萎縮させる。

「射竦《いすく》めぞ。動けまい」

　牢人が瞬《まばた》きもせず、一夜へとゆっくり近づいた。

「大道芸か」

「……馬鹿な」

　笑った一夜に牢人が絶句した。

「そんなもん、蛙《かえる》にも効かんわ。よほど蛇のほうが怖いで」

　一夜がため息を吐いた。

「どいつもこいつも、大した腕でもないくせに、能書きだけ垂れおってからに。藪医《やぶい》者《しゃ》の薬かっちゅうねん」

「どうして動ける。吾が殺気で……」

「左門はんの殺気、いや狂気に比べたら」

言いながら、一夜が間合いを詰めた。

「おあわっ」

射竦めが効かなかったことで焦った牢人が、後ろへ引こうとして土手の段差に足を取られて転んだ。

「どっちが射竦められてるねん」

一夜があきれ果てた。

「ほな、こっちの番やな」

「待ってくれ。もう、二度とこのようなことはせぬ。真面目《まじめ》に生きていくゆえ、見逃して……」

「死んで詫《わ》びてこいや。待ってるで、地獄で」

泣き言を口にした牢人に、一夜が太刀を投げつけた。

「うわっ」

なんとか持っている太刀で、これを弾《はじ》いた牢人だったが、続けて一夜が投げつけた石までは防げなかった。

「ぐふっ」

まともに石を顔に喰らった牢人が意識を失った。

「……ほなの」

己の太刀を拾いあげた一夜が、気を失っている牢人の胸に太刀を刺した。

「うわっ、嫌な感触や」

肉を貫く手応えに、一夜が頬をゆがめた。

「さてと……」

振り向いた一夜が、武藤大作が二人を片付けて待っているのを見た。

「あと一人かいな。ついでにやっといてくれたらええのに」

愚痴をこぼしながら、一夜が武藤大作の側へ急いだ。

「よくしてのけたの」

武藤大作が感心した。

「十兵衛はんや、左門はんとの稽古に比べたら、全然怖ない」

「最初わめいていたぞ」

「初めてやねんぞ。遊女でも初めてのときは震えるちゅうで」

「みょうな喩《たと》えをする癖を止めろ」

武藤大作が嫌そうな顔をした。

「冗談でも言うてんと、保たへんわ。何度もいうけど、わいは商人として二十年生きてきたんや。刃物で命の遣《や》り取りなんぞ、する予定やないわ」

一夜が反論した。

「殿の前ではするなよ。殿は厳しいお方だ」

「冗談なんぞ言うかい。恨み言ならいくらでも口から出るけどな」

武藤大作の忠告を一夜がいなした。

「行くぞ」

「終わるまで待ってたあかんか。やっぱりあかんか」

わざと斬り合いを経験させようと、武藤大作がしていることに気付いた一夜が天を仰いだ。

「あやつをどうにかせぬと、江戸へ向かえぬ」

橋の中央に陣取っている牢人を無視はできなかった。

「はあぁ」

一夜が面倒くさいとばかりに肩を落とした。

「話は終わったかの」

待ちかねたと大太刀を背負った牢人が声をかけてきた。

「うわ、長っ」

一夜が大太刀の大きさに驚いた。

「あんなもん、抜けるんかいな」

「どれ、ご披露しよう」

牢人が背中をひねるようにして、さらに腰を折って、すっと大太刀を抜いた。

「うわあ、見事やなあ」

一夜が感心した。

「できるぞ」

武藤大作の雰囲気が変わった。

「勝てますかいな」

「わからん」

問うた一夜に武藤大作が首を左右に振った。

「柳生道場でも知られた武藤はんが……」

「……柳生だと。あの但馬守の家中《かちゆう》か」

「まずかったか」

一気に気配を変えた牢人に、一夜が口を押さえた。

「おまえたちに直接恨みがあるわけではないが、主家を潰された怨念を晴らさせてもらおう」

「なんで潰されたんや」

訊いた一夜に、牢人が叫んだ。

「跡継ぎさまが幼いと……我ら家臣が守りたてていくと誓紙まで出したというに」

「人の生き死にやから……言えたことではないけど、殿さまも跡継ぎを子供でなくて、弟とか、親戚を仮養子にしてたら……」

「お家騒動のもとになるぞ。後で」

武藤大作が一夜に言った。

「それもそうか。一度殿さまになってしまうと、辞めたくはないわな」

一夜が納得した。

「恨みを受けよ」

大太刀を牢人が武藤大作に向けて構えた。

「むっ」

武藤大作が緊張した。

大太刀は刃渡り四尺（約百二十センチメートル）以上ある。刀身も肉厚で、並の男では持ちあげるのも難しいが、それを牢人は軽々と扱った。

「下がれ。かばう余裕はない」

じっと牢人から目を離さず、武藤大作が告げた。

「…………」

一夜が三歩下がった。

「喰らえっ」

牢人が大太刀を振りかぶった。

重い大太刀が上から来る。太刀で受け止めれば折れてしまう。そして勢いを残したままの大太刀が武藤大作を断ち割る。

「りゃああ」

振りかぶった大太刀を牢人が落とそうとした瞬間、一夜が叫んだ。

「わいは柳生但馬守の息子や」

「……なんだと」

思わず牢人が武藤大作ではなく、一夜に注意を逸《そ》らしてしまった。動きかけた大太刀が止まった。

「…………」

その隙を武藤大作は逃さず、大きく踏みこんで、一度姿勢を低くしたところで、伸びるようにして太刀を小さく振るった。

「ああっ」

首の血脈を断たれた牢人が、苦鳴を漏らした。

「ちくしょうめ、親子で祟《たた》るか」

か細く呟いて、牢人が絶命した。

「……ふうう」

大きく武藤大作が息を吐いた。

「大丈夫かいな」

「助かった」

気遣う一夜に、武藤大作が頭を下げた。

第三章　父と子

一

淡海屋七右衛門《おうみやしちえもん》は目の前の光景に頭を抱えていた。

「お姉はん、長女が跡継ぎですやろ。店空けたらあきまへん」

「なに言うてんの。信濃屋《しなのや》は三人の誰かが婿はんをもろうて継ぐんやろ。わたしでもあんたでも衣津《いつ》でも、ええんやで。遠慮せんと須乃《すの》はんも男はん探し」

次女の須乃に言われた永和《とわ》が微笑《ほほえ》みながら返した。

「女《おなご》は怖いもんやけど……」

「大旦那さま」

嘆息する淡海屋七右衛門に喜兵衛《きへえ》が目で問いかけた。

「儂《わし》に言いな」

淡海屋七右衛門が嫌そうな顔をした。

「ですけど……」

「二人とも商いの邪魔か」

「それは……」

訊《き》かれた喜兵衛が詰まった。

「永和はんは、人でも物でも目利きに天性のもんがある。須乃はんは、算盤《そろばん》なしでの勘定が早いし、三女の衣津はんは気遣いができる。確かや。どれが嫁でも、一夜《かずや》のためになるやろ」

「衣津はん……来られたことおまへんけど」

喜兵衛が首をかしげた。

「そこやがな。衣津はんは、うちに三人集まったらややこしいやろと家業を手伝うとるらしい」

他人伝《ひとづ》てに聞いた話やけどなと、淡海屋七右衛門が述べた。

「なるほど」

うなずいた喜兵衛が、もう一度永和と須乃を見た。

「こら難しいでんなあ。若旦那はん、どの嬢《いと》はんを選ばはるか」

「やろ」

淡海屋七右衛門も首肯した。

「ただなあ……」

「なんぞ、お気になられることでも」

憂鬱そうな淡海屋七右衛門に、喜兵衛が尋ねた。

「いやな、一夜が江戸から嫁を連れて帰ってきたら……と思うたら」

「……怖い話せんとってください」

淡海屋七右衛門の危惧に、喜兵衛が両肩を抱いた。


六郷《ろくごう》川を渡れば、品川《しながわ》までは二里（約八キロメートル）ない。武家の足ならば半刻《はんとき》（約一時間）少しで着く。

「ちょっと休ませてえな」

「あと少しだぞ」

品川の宿で休息を要求した一夜に、武藤大作《むとうだいさく》が嫌そうな対応をした。

「こんな雰囲気で行ってええんか。柳生《やぎゅう》に恨みを持つ牢人《ろうにん》を目《ま》の当たりにしたんやで。

わいの恨み、牢人の怨念、その二つを抱えて、殿さまにお目通りして問題ないんやな」

「うっ」

柳生宗矩《むねのり》に不遜な態度を取る一夜を想像したのか、武藤大作が頬をゆがめた。

「わかった。小半刻《こはんとき》（約三十分）だぞ」

しかたないと武藤大作が、茶店に入った。

「すまんなあ。親爺《おやじ》、茶と餅、二人前や」

「ただちに」

茶店の親爺が、一夜の注文に応じた。

一夜が背負っていた荷物を下ろした。

「……ふう」

「やっと江戸か」

感慨深く、一夜が周囲を見た。

「人の数は大坂とよう似たもんやな」

一夜が道行く人を観察した。

「品川は江戸ではないぞ。品川は東海道第一番の宿場ぞ」

「これで宿場町かいな。見事なもんやなあ」

一夜が感心した。

「お待たせを」

親爺が茶と餅を焼いただけのものを盆に載せてきた。

「おお。ありがたし」

素早く一夜が餅に手を出した。

「あつっ、あふっ」

焼きたての餅に一夜が慌てた。

「……ふうう、火傷《やけど》しそうやわ」

「お水お持ちしましょうか」

茶店の親爺が気遣った。

「悪いな。頼むわ」

「少しお待ちを……どうぞ」

一夜の求めに茶店の親爺が対応した。

「……おおきにな」

少し水を含んだ一夜が茶店の親爺に礼を述べながら、小銭を渡した。

「遠慮なく」

茶店の親爺がうれしそうに心付けを受け取った。

「なあ、親爺はん」

「はい」

「この餅、一つなんぼや」

「一つ五文で」

「五文か、安いなあ。ええ米使《つこ》うてるのに」

「おわかりくださいますか」

茶店の親爺が、一夜の褒め言葉に喜んだ。

「わかるわな。舌触りが違う。しかし、こんなええ米使うてたら、儲《もう》け出えへんやろ」

「儲けは少のうございますけど、このへんは茶店が並んでますのでな。質を落としたり、値上げをしたりしたら、客足が落ちます」

問うた一夜に茶店の親爺が告げた。

「儲けは薄うても客足があったら、やっていけるな」

「へえ」

「米の値があがっているんやろ」

さらに一夜が訊いた。

「あがりましたけど、その分お客さんが増えましたので、なんとかなってます」

「お客があるのは、ええこっちゃ」

「どこの米なんや」

「奥州《おうしゅう》か羽州《うしゅう》が多い気がします」

「上方とか、西国の米は手に入らへんか」

「手に入らないわけではないでしょうけど、この辺では見かけませんなあ」

「そうか、それは残念やなあ。西国の米の味と奥州の米の味、どっちがうまいか訊いてみたかったんやけど」

一夜が親爺との会話を続けた。

「お武家さんは、上方のお人で」

「そうや、わかるか」

「お言葉に上方の訛《なま》りがございますよって」

少ししゃべり慣れたのか、茶店の親爺の口調が崩れた。

「初めて江戸へ来たんや」

「それは、それは」

「江戸で上方のもんはどうや」

一夜がもう一度訊いた。

「そうですなあ。上方のもので江戸まで来ているのは、酒ですかな」

「酒か。灘《なだ》やな」

「へえ。最近、廻船《かいせん》で運ばれて……ああ、あそこに」

茶店の親爺が品川の海を指さした。

「竹垣《たけがき》船か。あの帆印は……富田屋《とみたや》はんやな」

大坂から江戸へ荷を運ぶためには、波の荒い難所を通過しなければならない。そのとき船が揺れて荷物が落ちないよう、船の両舷に竹矢来《たけやらい》を組んだ。その竹矢来が菱形《ひし》に見えることから菱垣《ひがき》船とも呼ばれていた。もっとも菱垣船というのは、堺《さかい》の豪商塩《しお》屋《や》が店の船を印象づけるために使用し始めたものとされ、他の船は竹垣船や単純に廻船と称していた。

「お許しいですなあ」

「富田屋はんとはちぃとつきあいがあるでなあ」

一夜が茶を飲み干した。

「さて、茶も飲んだし、武藤はん、行きましょか」

「もういいのか。小半刻にはまだ間があるぞ」

立ちあがった一夜に、武藤大作が尋ねた。

「商売の話をすればやる気が出ますさかいな」

「……わけがわからぬ」

一夜の返答に武藤大作があきれた。

「武藤はんやったら、木刀を思いきり振ったら、すっとしますやろ。それと一緒ですがな」

「納得いかぬが、理解はした」

武藤大作がそこで話を切った。

品川から高輪《たかなわ》の大木戸をこえて、江戸に入れば愛宕下《あたごした》の柳生家上屋敷は近い。

「あそこだ」

門が見えるところで武藤大作が一度足を止めて、屋敷を指さした。

「……門が二つ」

屋敷を見た一夜が怪訝《けげん》な顔をした。

「一つは道場へ出入りするためのものだ」

武藤大作が答えた。

「それにしても、表門と変わらん大きさは……柳生の庄の道場なんぞ、門どころか扉さえも怪しいぼろ屋……」

「おい。神聖な道場を貶《おとし》めるな」

一夜の感想を武藤大作が制した。

「すんまへん。しかし、差が大きすぎますやろ」

失言だったと詫《わ》びた一夜だったが、腑《ふ》に落ちないと言った。

「柳生流は将軍家の剣。すなわち天下の流派である」

「将軍はんが、稽古に来はると」

誇った武藤大作の言葉に、一夜が驚愕《きょうがく》した。

「たわけたことを。上様へのお稽古はお城へ出向いてじゃ」

「それはそうか。あんな立派なお城に道場くらいあるわな」

一夜が目の前にそびえる江戸城を見上げた。

「無礼な口のききようをするな。ここは江戸だ。上方とは違う。あまり武家を甘く見るな」

武藤大作が真剣な顔をした。

「とくに上様のことを悪く言うことだけは、寝言でもするな。ここは徳川《とくがわ》のお膝元だ。どこで誰が聞いていないともかぎらぬ。それこそ、斬りつけられても文句は言えぬ」

「くわばら、くわばら」

脅すような武藤大作に、一夜が震えた。

「上様の御成《おなり》はないが、それ以外の大名、旗本は稽古に来る。さすがに相応の門が要るだろう」

「なるほど。表門を開け放しにしておくわけにもいかへんし、格下の旗本や陪臣を表門から入れるわけにもいかんか」

武家屋敷の表門は、格式が高い。当主、一門、許可を得た重臣の他、格上あるいは同格の大名や旗本以外のためには基本として開かれない。

「ついでに、屋敷に入る前に訊いておくけど……」

一夜が声を潜めた。

「ろくでもないことのようだが……」

「まちがいなくろくでもないことや。さすがに屋敷のなかでは口にでけへん」

嫌そうな顔をした武藤大作に、一夜が覚悟してくれと告げた。

「上様の弟はんの寄騎《よりき》の方々はどないしてはります」

「…………」

ささやかれた武藤大作が跳びあがりそうになった。

「全部どうにかできるもんやおまへんやろ」

「そのことを口にするな」

武藤大作が一夜を険しい目で睨《にら》んだ。

一夜の言う将軍の弟とは、三代将軍家光《いえみつ》の同母弟徳川大納言《だいなごん》忠長《ただなが》のことであった。病弱でおとなしかった家光よりも、幼少から利発で活発な忠長を二代将軍秀忠《ひでただ》も生母江与《えよ》の方もかわいがり、やがて三代将軍も譲ろうとした。

それを知った家光は情けなさのあまり自刃をはかったが、乳母《めのと》の春日局《かすがのつぼね》に見つかって止められた。とはいえ、将軍の嫡男《ちゃくなん》が腹を切ろうとしたというのは大事であり、決して表に出せるものではない。春日局は幕府の禁を破って、密《ひそ》かに駿河《するが》で存命であった大御所家康《いえやす》のもとへ出向き、窮状を訴えた。

結果、家康の裁定で家光が世継ぎと決まった。忠長は家康亡き後を受け継いだ御三家徳川頼宣《よりのぶ》から取りあげた駿河の国主となったが、家光の恨みは深く、秀忠が死ぬなり領地を没収の上、上野高崎《こうずけたかさき》へ幽閉の後、自裁を命じられた。

「なるほどなあ。さほどの連座はなかったと。まだ、弟はんが死んでから三年ほどやし」

「な、なっ……」

あっさりと見抜いた一夜に武藤大作が絶句した。

「武藤はんは、顔に出る。気つけな、どっかで大損するで」

一夜が注意した。

「それほどか」

慌てて武藤大作が己の顔を撫《な》でた。

「次にどこを狙うか、丸わかりの剣術遣いなんぞ、怖くもないで」

「うっ」

言われた武藤大作が後ずさった。

「……だからあのとき、叫んだのか」

武藤大作が思い当たった。

「さあて」

一夜が横を向いた。

「助かった。あらためて礼を」

「武藤はんがやられたら、次はわいやからな。礼を言われることやないわ」

頭を下げた武藤大作に一夜が手を振った。

「そういうわけにもいかぬ。いつか礼をさせてくれ」

「ほな、もう一つ教えておくれな」

「なんだ」

武藤大作が身構えた。

「柳生は、上様と弟はん、どっちに付いた」

「…………」

ふたたび声を落とした一夜に、武藤大作が言葉を失った。

「知っといたほうがええと思うから、訊いた。江戸での立ち振る舞いに戸惑うことになる」

「むう」

「駿河の弟はんを貶めたのが、柳生ということは……」

「…………」

「黙《だんま》りは、肯定やで」

一夜が武藤大作を促した。

「……柳生は将軍家剣術指南役ぞ。ただ、将軍家にお仕えするのみ」

「ふうん」

武藤大作の答えに、一夜が鼻で応じた。

「では、行こか」

「いいのか」

己でもまともな答えだと思っていない武藤大作が、驚いた。

「わかったから、ええ」

一夜が口の端を吊《つ》り上げた。

二

目立ってはいけないのが忍《しのび》である。

水口《みなくち》から走った三人の甲賀《こうか》者たちは、一夜たちより少し早く江戸へ入った。

「まあよかろう」

早すぎる敵地からの撤退に、甲賀組与力組頭望月土佐《もちづきとさ》は、不満を見せたが咎《とが》めはしなかった。

「次の任に備えて、休め」

望月土佐が、水口から来た甲賀者たちに命じた。

忍の仕事は厳しく、失敗が許されない。体力も気力もぎりぎりまで削られる。そんな困難な任を連続で命じれば、無理を生む。無理は失敗を呼ぶ。

任の後の休息は、褒美や気遣いではなく、次の仕事への準備であった。

「しばし、はずす」

大手門を入ってすぐにある甲賀百人番所から、望月土佐は表御殿へと向かった。

「お目付さま」

表御殿の入り口中御門で、待機しているお城坊主に望月土佐は声をかけた。

「………………」

お城坊主は望月土佐を無視した。

城中の雑用をこなし、その心付けで贅沢《ぜいたく》をしているお城坊主は、金を出したか出さなかったか、十分だったか不足していたかで露骨に態度を変える。

金を出さなければ聞こえないふりくらい平気でするし、思ったほどもらえなかったときは、言われたことを後回しにする。

もともとは戦国で敵国への使者や、戦勝祈願の生《い》け贄《にえ》として生まれた陣中坊主だったが、世が泰平になると本来の役目を失った。

一応頭を丸め、僧侶の体をなしていることから、俗世すなわち政《まつりごと》にかかわらないという建て前をもって、城中の雑用係となった。

老中の御用部屋や大奥へも出入りできるおかげで、こまごまとした雑用で手をわずらわせずにすむと、執政《しっせい》や大名たちから重宝がられていた。

つまり老中や大奥の局《つぼね》たちともお城坊主は口が利ける。

「何々どのが、このようなことを」

「どうもご不満をお持ちのようで……」

あくまでも噂《うわさ》だと前置きしてのことであっても、老中や惣目《そうめ》付《つけ》の耳に都合の悪いことを入れられては痛くもない腹を探られる。

「思《おぼ》し召すところこれあり」

理由はあきらかにできないが、とにかく潰すという行為がまかり通るのが、幕府である。

大名も旗本も流れ弾を喰《く》らわないように身を小さくしている城中で、お城坊主ほど面倒な相手はいない。悪口を言われないよう、お城坊主たちに金を遣う。これが城中で生き残るための知恵であった。

とはいえ、御用のたびに金を出していては、薄禄《はくろく》な甲賀与力《よりき》など干上がってしまう。そこで、行き先を口にすることでお城坊主の介入を防ぐ。また、お城坊主も出したところで、何十文がせいぜいの甲賀与力など、悪口を言うだけの価値もない。お城坊主も甲賀与力も互いを相手にしない。

惣目付の部屋は、城中でも奥まった芙蓉《ふよう》の間である。

「修理亮《しゆりのすけ》さまはお出《い》でてでございましょうか。望月めにございまする」

勝手に襖《ふすま》を開けることは禁じられている。

望月土佐が廊下に膝を突いて、呼びかけた。

「……甲賀者か」

しばらくして、襖が開いた。

「ご報告がございまする」

望月土佐が平伏した。

「うむ。付いて参れ」

すぐに秋山《あきやま》修理亮がうなずいた。

「ここでよかろう」

少し離れた畳敷きの廊下、入り側の隅で秋山修理亮が足を止めた。芙蓉の間は、大名や高禄の旗本にとって鬼門にあたる。よほどの用でもなければ、芙蓉の間付近に人の影は近づかなかった。

「申せ」

「はっ」

立ったまま命じた秋山修理亮に、望月土佐が一夜のことを話した。

「……但馬守《たじまのかみ》の庶子が、そのようなことを申していたか」

「はっ。聞いていた者からの報告によりますると、よほど恨んでいるようだったと」

望月土佐が付け加えた。

「おもしろいの」

秋山修理亮が興味を見せた。

「使えるかも知れぬ。そなた、但馬守の庶子と連絡は取れるか」

「屋敷さえ出てくれれば」

問われた望月土佐が答えた。

「屋敷に忍びこめぬか」

「伊賀《いが》者がおりますので、密かにとは」

難しいと望月土佐が首を横に振った。

「伊賀者……組の者ならば、こちらから話をする」

　江戸には伊賀者組もあった。徳川家康最大の危難と言われた本能寺《ほんのうじ》の変のおり、堺から三河《みかわ》へ帰る途中の警固を伊賀者が務めたことで、二百人からの伊賀者が江戸へ召し出され、伊賀組として大奥の警固、諸国探索の任をおこなっていた。

「組の者ではなく、伊賀の郷《さと》から連れてきているようでございまする」

「……むう」

　望月土佐の否定に、秋山修理亮が嫌そうな顔をした。

　惣目付はその役目柄、伊賀組にも大きな影響力を持っていた。すでに惣目付ではなく、ただの大名に過ぎない柳生家に伊賀組は使えず、秋山修理亮が撤収命令を出せば、伊賀者は従わなければならない。だが、国元から連れてきているとなれば、惣目付でも手出しはできなかった。

「何人くらいおる」

　一万石の家臣は軍役に従うと騎乗、徒士《かち》、足軽などを含めて七十三名と決まっている。ここに小荷駄や、家中《かちゅう》の士分が連れていく従者などを入れておおむね百人になった。

　伊賀者は士分ではなく、足軽の身分になる。もし、伊賀者の数が多すぎると、謀叛《むほん》あるいは、将軍や老中を密かに狙っているとの理由が付けられ、柳生宗矩への調べが始められる。まさに因縁を付けているに等しいが、今まで柳生宗矩がそれをやってきたのだ、己の番になったからといって、否やは言えない。

「正確にはわかりませぬが、気配からは三人」

「三人か……」

きっかけにするには少なすぎると、秋山修理亮が苦く頬をゆがめた。

「やむを得ぬ。外に出たときでよい。庶子に連絡を付けろ」

「どのようなことを伝えれば」

繋《つな》ぎを付けるのはできるが、用件を伝えなければ、怪しまれるだけであった。

「惣目付の一人が、密かに会いたいとな。委細はあらためてというのも忘れるな」

「承知つかまつりましてございまする」

秋山修理亮の指図を望月土佐は受けた。

潜《くぐ》り門を通って、屋敷に入った一夜は道場近くの井戸で足を洗っていた。

「殿さまにお報《しら》せしてくる」

武藤大作とはすでに別れていた。

「……気重いわ」

足を手ぬぐいで拭きながら、一夜が独りごちた。

「今更やろうに。わいを呼び出す手間で、勘定のできる者くらい探せるやろ。江戸には、山ほど牢人がおるはずや。大坂でさえ、仕官を求める牢人は腐るほどいてる。少ないけど、算盤ができるというので、商家の婿になったやつもおる」

江戸で人手不足はあり得なかった。

「わいの能力を見込んだというのは、ちいとうぬぼれすぎやな。会うたこともないんや」

手ぬぐいを新しくした釣瓶《つるべ》の水で洗いながら、一夜は首を小さく左右に振った。

「一門やというのを表に出して、食い扶持《ぶち》だけでごまかすつもりか」

一夜が手ぬぐいを絞って、懐へ仕舞った。

「卒爾《そつじ》ながら……」

「わたくしか」

背後から声をかけられた一夜が、堅い言葉使いで応じた。

「こちらへ。ご滞在中のお部屋へご案内いたしまする」

軽輩そうな家臣が、一夜へ告げた。

「それはありがたし」

荷物を置きたいと考えていた一夜が喜んだ。

「では、こちらへ」

軽輩が先導した。

「…………」

表玄関を過ぎ、御殿を半周して軽輩が勝手口から入った。

「……ここをお使いくださいませ」

「承知いたした」

部屋は台所に近い六畳ほどの小部屋であった。

「では、わたくしはこれで」

「ああ、厠《かわや》はどちらかの」

立ち去ろうとした軽輩を一夜が止めて、尋ねた。

「目の前の廊下を左へ進まれて、突き当たりでございまする」

「さようか。ご苦労でござった」

説明を聞いた一夜が軽輩を解放した。

「部屋住みの扱いやな」

一人になった一夜が嗤《わら》った。

部屋住みとは、嫡男を除く一門で別家していない者のことを指す。基本的に、養子に入るか、別家するまで本家で生活をするため、そう呼ばれていた。なかでも養子にいかず、別家もできない者を厄介《やっかい》と称し、家中の雑用をする無禄の家臣扱いをされた。

「…………」

嗤いを消した一夜は、背負っていた荷物を解いた。

「石高帳、地区ごとの年貢控え、大坂での売米記録、家臣分限帳、そして備忘録」

一夜が帳面を出して、毀損《きそん》具合を確かめた。

「分限帳が水濡《みずぬ》れをしてるな。これは六郷川で濡れたんやろう。まあ、こちらにも控えはあるやろうから、さほどの被害ではないか」

分限帳とは、家臣の誰に何石あるいは何俵、何人扶持を与えているかを記したもので、小者《こもの》や女中などは記載されていないが、実高からかならず出ていく費用を把握できる。

濡れた帳面はもちろん柳生の庄に保管されているべき元本ではなかった。旅立つ前に一夜が急いで写したものであり、十分な乾燥を経ていない事もあって文字がにじみ、読めたものではなくなっていた。

「命には代えられん」

一夜は分限帳を横へ置いた。

「……しかし、なんもない部屋やなあ。文机《ふづくえ》と硯《すずり》くらい用意してもらわんと、仕事でけへんがな。段取りが悪い。わいを江戸へ呼び出してから、どんだけ日にちが経《た》ってるねん」

「上方米の評判をまず調べなあかん。大坂で売るより、運び賃を出しても江戸のほうが高いねんやったら、そうすべきや。船は富田屋はんに頼んで、荷の隙間にでも載せてもらうようにしたら、少しは安くなるやろう。問題は……海難や。船賃を値切ったら、万一のときは、真っ先に放棄されるやろうし、なにより船ごと沈んだら、元も子もない。廻船問屋に文句言うたところで、さほどの面倒は見てもらえへん。その分も考えて値付けしたら、よほど味に差がないと売れへん」

道中で見聞きしてきたことを、一夜はまとめた。

「夢物語やと、京でも口にせなんだけど……信楽《しがらき》のように焼き物を柳生ででけへんかなあ。たぶん、頼みこんでも教えてくれへんわなあ」

焼き物は大きな産業であった。

どこでもその技術は秘伝とされ、弟子入りも領内の者でなければまず許されない。

偽って弟子入りしたり、技術を持ち出したりしたら、ところによっては死罪になった。

「信楽とは山一つこえるだけやからなあ。よう似た土くらいこっちにもあるはずや。ただ、職人がおらん」

信楽は織田信長《おだのぶなが》、豊臣秀吉《とよとみひでよし》と二人の天下人によって保護された茶道の宗匠たちに愛されたことで大いに発展した。

「茶碗《ちゃわん》一つが国一つ、城一つに値する」

信楽だけでなく、備前《びぜん》、有田《ありた》、萩《はぎ》などの茶碗は高値で取引され、一つが千貫をこえることもある。

「もとは織田さまが、褒美に与える土地が足りんようになったから、代わりにと価値を付けて下賜したことで、おかしな値段になったんやけどな」

一夜が苦笑いをした。

淡海屋は唐物問屋であるため、異国から運ばれてきた陶器も扱う。

割れやすい陶器をわざわざ海をこえて運んできたから、異国のものが高くなるのはわかる。しかし、それでも異常な値だと一夜は感じていた。

「陶器については、わいではどうにもできん」

技術にかんしては、領主同士の話し合いで解決してもらうしかなかった。

「まったく、海のない領地は苦労や」

一夜がぼやいた。

「湊《みなと》さえあれば、いくらでも儲けようはあるけど、柳生は山のなかや。ないものねだりやなあ。伊勢の湊を使えたらええねんけど……」

大きく一夜がため息を吐《つ》いた。

「一万石を実高一万二千石にするのはたやすいけど、二万石は厳しいなあ」

頭の後ろで手を組んだ一夜が、寝転がった。

武藤大作は柳生宗矩と宗冬《むねふゆ》親子を前にして、一夜との旅を報告していた。

「……以上でございまする」

品川の茶店でおこなわれた親爺との遣《や》り取りを述べて、武藤大作が一礼した。

「ご苦労であった」

まず柳生宗矩が武藤大作をねぎらった。

「よく動いているようじゃの」

「領内をくまなく歩き、百姓と話をしておられましたうえ、京では商談をまとめておられました」

「そなたの目から見て、いかがであるか。一夜は」

「なかなかにしたたかな御仁かと」

主君に問われた武藤大作が答えた。

「大坂でもまれただけのことはあるか」

柳生宗矩がうなずいた。

「なにか気にしておいた方がよいことはあるか」

「一夜さまは、他人をよく観《み》ておられまする。その言動、癖からいろいろなことを見抜かれる」

問われた武藤大作が六郷川でのことを語った。

「ふむ。牢人どもの罠を破ったか」

「かなり他人の目に敏感だと思われまする」

武藤大作は大太刀の牢人が、柳生への恨みを口にしたことを告げなかった。

「他人を見抜くか。剣術遣いとしても重要な素質じゃの」

もう一度柳生宗矩が首を縦に振った。

「色欲にかんしてはどうだ」

柳生宗矩が話題を変えた。

「旅程のなかで女を欲しがられたことはございませぬ」

それ以上牢人のことを問われなかった武藤大作が肩の力を抜いて首を左右に振った。

「女を知らぬのか」

武家でも商家でも子種をあちこちにばらまかれては家督の面倒のもとになる。そこそこの家柄であれば、親の管理のもとで閨《ねや》ごとを知る。武家の場合は、一門の後家や因果を含めた女中、商家の場合はきっちりとした遊郭の妓《おんな》を使うことが多い。

「大坂の新町《しんまち》には馴染《なじ》みの妓がおるように聞いておりまする」

武藤大作は大坂で聞きこんできた噂を口にした。

「商売女とは、汚らわしい」

宗冬が吐き捨てた。

「女は知っているか。なれば、我慢もそう続くまい」

息子を無視して柳生宗矩が小さく笑った。

「よかろう。あとはこちらでする。そなたを一夜付きから外す」

「はっ」

武藤大作が手を突いた。

「殿、一つお伺いをいたしたく」

家臣からの質問は許可が要った。

「なんじゃ」

「十兵衛《じゅうべえ》さまから、江戸での用がすみ次第、国元へ連れ戻せとのお指図がございました」

許しを得た武藤大作が尋ねた。

「そのようなことを十兵衛が申していたか。ふむ……」

柳生宗矩が腕を組んで思案を始めた。

「……わかった。すみ次第でよいのだな」

「そのように伺っております」

念を押した柳生宗矩に、武藤大作が応じた。

「よろしかろう。下がってよい」

「はっ」

手を振られた武藤大作が、御座の間を出た。

「父上さま……やはり卑しい商人の出。あのような者を柳生に迎え入れるべきではございませぬ。猟師のまねを天下の柳生にさせようなど、とんでもないことでございます」

二人きりになるなり、宗冬が気色ばんだ。

「一夜が不要だと申すならば、代わりを見つけてこい。そなたが連れてきた者が一夜以上であったならば、放逐しよう」

「…………」

「できぬのか。できぬくせに父の手立てを批判するとは、上様のお側《そば》に侍《はべ》るようになって、えらくなったものよ」

「……わかりましてございまする。人材を探して参りまする」

皮肉られた宗冬が宣した。

「そうか。ただし、いつまでもとはいかぬ。家の財政を好転させるのは急務である。猶予は一カ月しかやらぬ」

「一カ月……承知」

短いが己が言い出したことである。宗冬は受け入れるしかなかった。

「では、一夜を呼ぶ。前も申したように、余と二人だけのとき以外、一夜をそしることを禁じる。破れば、そなたも郷へ戻す」

嫡男でない息子は、家を継ぐことができない。婿養子として生涯婚家へ遠慮しながら生きるか、別家するしか世に出る法はないのだ。それが国元へ戻されてしまえば、まず別家お取り立てはなくなる。婿養子あるいは養子の目はまだあるが、国元でとなれば家臣のもとへ行くか、庄屋の跡継ぎになるくらいしかない。

国元へ帰すは、まさに懲罰であった。

「少し頭を冷やして参れ」

「はい」

厳しく釘《くぎ》を刺された宗冬が力なく出ていった。

「剣ができればいいのか、柳生ではあるが……他のことも考えるくらいできねば当主に不足。あれでは武藤がなにかを隠していることに気づいてはおるまい。金でどうこうできる男ではない武藤をそうさせたのはなにか」

柳生宗矩が困惑した。

「思案はあとじゃ。誰ぞ、一夜を呼んで参れ」

気を変えた柳生宗矩が家臣を呼んだ。

三

横になった一夜は、旅の疲れで眠りこけていた。

「御免を」

声をかけられても一夜は起きなかった。

「……ご無礼つかまつる」

何度か呼んでも返事がないことに業を煮やした家臣が、襖を開けた。

「これは……」

家臣が寝ている一夜に絶句した。

「まったく……もし、もうし」

あきれた家臣が、一夜の肩を揺すった。

「……うな」

寝ぼけた声を漏らしながら、一夜が起きあがった。

「お呼びでござる」

「……お呼び……ああ」

ようやく一夜が現状を把握した。

「すんまへんな。お名前は」

詫びてから一夜が問うた。

「近習《きんじゅ》役を承っておりまする磯谷《いそがい》と申しまする」

「磯谷はん。覚えました。起こしていただき助かりました。では、ご案内をいただきたく」

一夜が腰を上げた。

「その前に、髪を整えられたほうがよろしいかと」

「あっ、乱れてましたか」

言われた一夜が手櫛《てぐし》で整えた。

「結構かと。どうぞ、こちらへ」

磯谷と名乗った家臣が先に立った。

「狭い廊下や」

かろうじて二人並べるていどの廊下に、一夜は驚いた。

「これは万一敵が攻めてきたとき、かならず一対一で戦えるようにとの要心でございまする」

自慢げに磯谷が述べた。

「なるほど。さすがは天下の柳生はんや。泰平の世にも油断されない」

口ではそう言いながら、一夜の唇は少しゆがんでいた。

「お控えを」

二回廊下を曲がった突き当たりの座敷前で、磯谷が正座をした。

「はい」

素直に一夜が従った。

「殿、お連れいたしましてございまする」

「開けよ」

磯谷の声に、なかから応答があった。

「はっ」

一礼して、磯谷が襖を開けた。

「…………」

「一夜さま」

背筋を伸ばしたままで、柳生宗矩を見つめている一夜に、磯谷が注意をした。

「…………」

無言で一夜が頭《こうべ》を垂れた。

「ご苦労であった。下がれ」

柳生宗矩が、磯谷を遠ざけた。

「面《おもて》を上げよ」

「…………」

発言は許されていない、黙ったままで一夜が背筋を伸ばした。

「そなたが一夜か。余が但馬守、そなたの父じゃ」

「…………」

静かに一夜が目を伏せた。

「これなるは、そなたの兄、主膳《しゅぜん》宗冬じゃ」

「……ふん」

柳生宗矩に紹介された宗冬が、反っくり返った。

「…………」

ちらと宗冬を見た一夜が、無言を貫いた。

「どうした……おう、そうであったな。名乗りを許す」

柳生宗矩が気づいた。

「お許しをいただきましたゆえ、名乗りをいたしまする。大坂の唐物問屋淡海屋七右衛門が孫、一夜でございまする。お初にお目通りをさせていただきまする」

一夜がていねいに名乗った。

「淡海屋一夜か。今後は柳生一夜と名乗るがよかろう」

「畏れ多いことでございますれば、謹んでお断りをいたしまする」

柳生宗矩の言葉を一夜が断った。

「…………」

「なんだとっ」

眉をひそめた柳生宗矩に比し、宗冬が激昂《げきこう》した。

「きさまっ、由緒ある柳生の名跡を……」

「黙れ、主膳」

口走ろうとした宗冬を、柳生宗矩が封じた。

「ですが、父上……」

「黙れと申した」

まだ不満を言い立てようとした宗冬を柳生宗矩が叱った。

「……申しわけございませぬ」

宗冬が引いた。

「すまぬの」

柳生宗矩が宗冬の失態を謝った。

「そなたを呼び出した事情であるが……」

柳生宗矩が経緯《いきさつ》を語った。

「……ということでな。かたじけないことに上様より、ご加増を賜ったのだ」

「おめでとうございまする」

聞いていた一夜が、祝した。

「忙しい惣目付のお役は解いていただいたが、余は将軍家剣術指南役であるし、この主膳は書院番士として、ご奉公をいたしておる。そなたも知っている十兵衛はあのような状況であるし、左門《さもん》は療養中である。つまり、家のことを見る者がおらぬのだ。そこで、そなたを召しだした」

「柳生家さまのご事情は理解いたしましてございまする」

「そうか」

一夜の応えに、柳生宗矩がほっとした。

「内政を預ける」

「わたくしめをお雇いくださると」

「雇うのではない。そなたは吾《わ》が一門である。一門として余を助けて欲しい」

「…………」

「どうだ」

「…………」

返答を求める柳生宗矩に、一夜はなにも答えなかった。

「いかがいたした」

「…………」

「笑っているのか」

宗冬が怪訝そうな顔をした。

「一夜」

「いやあ、すんまへんなあ」

促した柳生宗矩に、一夜が口調を変えた。

「きさま……」

宗冬が怒りを見せた。

「なにがおもしろい」

「生まれてこの方、一度たりとても会ったことも連絡をもらったこともない。どこか一粒の米を恵んでもろうたこともない。それがいきなり一門じゃ、家のために尽くせ。これを笑わないでなにを笑うと」

淡々と問うた柳生宗矩に、一夜が笑いを消した。

「無礼であろう」

宗冬が腰を浮かせて怒鳴った。

「柳生の家に加えてもらえるという名誉を……」

「おまはん、わたいのことを知ってはりましたか」

憤る宗冬に、一夜が平坦《へいたん》な声で尋ねた。

「お、おまはん……兄に向かって」

「兄と言いはりますか。わたいが本物の一夜かどうかもおわかりやおまへんやろ」

「……ぐっ」

宗冬が詰まった。

「悪いとは思っておる。しかし、いたしかたなかったのだ」

柳生宗矩が口だけで詫びた。

「いたしかたなかったで、放置された子供はどないですやろうなあ。わたいは幸い、祖父が大坂で商いをしていたので、腹も空《す》かず、雨風にも晒《さら》されず、無事に生きてこられましたけどなあ。そのへんの女が戦場で孕《はら》まされたら、まず母子ともに死んでますな。ところで、柳生さまには死人に仕事を任せる秘術でもございますか」

「ないな」

素直に柳生宗矩が認めた。

「武士になれるのだぞ」

「それになんの意味が」

気を取り直した宗冬が言うのを、一夜がいなした。

「武士は民の上に立つものじゃ。卑しき商人とは身分が違う」

宗冬が論を張った。

「ふふふふ」

一夜が笑った。

「なにがおかしい」

「いやあ、わたいが呼ばれた意味をおわかりやおまへんなと」

咎める宗冬に一夜があきれた。

「主膳、落ち着け」

柳生宗矩が興奮した宗冬を制した。

「父上」

「おわかりやおまへんな。武士が偉い、武士が天下を取った。このまま世間が進むなら、商人の血を引くわたいを呼びますか」

「…………」

「どうやらおわかりくださったようで。これからの世のなか、金が大きな力を持つ。そう、但馬守さまはお考えになられた」

黙った宗冬に一夜が告げた。

「下がれ、主膳」

話が進まないと柳生宗矩が、宗冬を追い出した。

「くっ」

廊下に出た宗冬が、一夜を睨みつけながら、離れていった。

「入って来い」

柳生宗矩が一夜を手招きした。

「いえ。わたいはここで」

一夜が廊下でいいと拒否した。

「いいから来い。周りに聞かせる話ではない」

「…………」

そこまで言われてはしかたがない。

一夜が御座の間に入った。

四

御座の間といったところで、武家、それも剣術遣いの居室である。畳などは敷かれておらず、薄縁《うすべり》と柳生宗矩のための円座だけしかない。

「そこでは話が遠い。もそっとこっちへ参れ」

襖際に腰を落ち着けた一夜を柳生宗矩がもう一度呼んだ。

「なれば」

一夜が膝行《しっこう》した。

「ここでよろしいか」

一間（約一・八メートル）ほど離れたところで、一夜が止まった。

「よかろう」

柳生宗矩が認めた。

「そなたの不満はわかる。たしかになに一つ援助もしなかった。しかし、事情があったのだ。柳生は関ヶ原《せきはら》の合戦で復帰したばかりで生き残りのために必死であったのだ」

「祖父も大坂の陣で店も財も焼かれて、必死でしたで。それだけやない。辛《つら》い最中に娘はどこの男のかわからん子を宿し、産み落として死んでしもうた。よう、憎い男の血を引いたわたいを捨てんと面倒みてくれたもんやと思う」

「金さえあればどうにかなる商人と、命を賭けて戦わねば家が護《まも》れぬ武家では事情が違う。先祖代々受け継いできた知行所が、領地が、右から左へものを渡すように奪われる。天下人の一言で、すべてを奪われるのだ」

諭すように柳生宗矩が武士の厳しさを述べた。

「そういった事情はもっと前に聞かせてもらわんと。今更言われたところで、なんも響きもしまへん」

「であろうな」

冷たく言い捨てた一夜に、柳生宗矩がうなずいた。

「そなたの不満をわかるとは言わぬ。それはやった方が口にしていい言葉ではない。やった方は忘れてもやられた方はずっと覚えているものだからな」

「それをおわかりなら、わたいは放っておいてもらいたいですわ」

一夜が嫌そうな顔をした。

「だが、そうも言ってられぬのだ。柳生が旗本であればよかったのだが、大名となればつきあいが変わってくる。大名には大名の面目がある」

「面目ですか」

「うむ。六千石の旗本ではしなくてもいいつきあいが大名にはある。知っているか、江戸城には大名の殿中席というのがあることを」

「存じまへん」

一夜が首を横に振った。

江戸の商人ならばまだしも、大坂の商人にとって大名の殿中席なんぞ、どうでもいいことであった。

「今まで柳生は旗本であり、惣目付であったゆえ、城中では芙蓉の間に詰めていた。それが大名となったことで菊の間へと移された」

「……………」

黙って一夜は柳生宗矩の話を聞いた。

「菊の間はおおむね三万石以下の小大名の席である。そして、ここには正確に数えたわけではないが、三十ほどの大名が詰める」

「居心地悪そうでございますな」

一夜が口調を堅いものに戻した。

「今のお前より悪いぞ。なにせ、三十いる大名の本家や一門を、惣目付として潰して来た。そして、その功績で旗本から大名へ儂はのし上がった」

柳生宗矩が首を縦に振った。

「それはお疲れでございましょう」

「大名になって三度月次登城があったがの。誰一人として余に話しかけるどころか、近づいてさえ来ぬ」

同意した一夜に柳生宗矩がため息を吐いた。

「とはいえ、このままでいいはずはない」

「ございませんな。同格から爪弾《つまはじ》きにされるというのは、もっとも厳しい」

「わかっておるの、そなたは」

一夜の意見に柳生宗矩が満足そうにうなずいた。

「大名はつきあいを通じて、いろいろな話を知る。表だってできぬことなどは、下城してからの茶会や宴席でなされる」

「ご当家さまは、そこから省かれている」

「うむ。当然、余だけが知らぬ話がいくらでもある。例えば、誰が次の老中に抜擢《ばってき》されそうだということが、余にだけもたらされぬ」

「御祝《おいわ》いを含めた手回しが後手に回る」

しっかり一夜は柳生宗矩が言いたいことを理解していた。

「老中や若年寄からみれば、一万石の大名などいないのも同じ。なにかあったときに頼ろうにも後手に回っていては……」

「まずは菊の間に伝手《つて》造りだと」

「そなたは話が早い。十兵衛はもとより、主膳もそのあたりは鈍い」

柳生宗矩が一夜を褒めた。

「表門と並んで立派な道場門がございました。あそこを潜ってこられるお方にお願いすればよろしいのではございませんか。武術の師と弟子は、親子より強い絆《きずな》を持つと聞きました」

伝手ならあるだろうと一夜が言った。

「もう、気づいたのか」

少し柳生宗矩の目が大きくなった。

「表門と同じくらい立派な道場門、武藤どのに訊けば御成ではないと言われた。となれば、ご当家さまと同格あるいは格上のお方が稽古に来られる」

大名も弟子にいるのだろうと一夜が述べた。

「その辺の道場ならば、それでもよい。だが、当家は将軍家剣術指南役、天下の師範なのだ」

「矜持《きょうじ》はお金になりませぬが」

一夜が首を左右に振った。

「柳生家の矜持ならば、別にいいのだ。四十年ほど前には、その日の糧にも困る牢人だったのだ。剣術が金になるならば、喜んでとはいわぬが、遠慮はせぬ」

「ということは、将軍さまにかかわる」

「ああ」

一夜の言葉に柳生宗矩が首肯した。

「知らぬであろうが、将軍家剣術指南役である当家には、上様からの誓書がある」

「誓書……」

さすがの一夜も驚いた。

「弟子入りした以上、師の指導に従い、稽古に邁進《まいしん》するという簡単なものだがな」

「上様がお弟子」

一夜が唾を呑《の》んだ。

「わかるか。上様に弟子としての振る舞いを求めた当家が、他の弟子に頭を下げられると思うか」

「無理でん……でございますな」

驚きのあまり普段の口調が出そうになった一夜が、あわてて戻した。

「気味の悪いまねをするな。言いやすい語調でよい。どうせ、十兵衛には素で接したのだろう」

「よくおわかりで」

「でなければ、十兵衛がさっさと郷へ帰せなどと申すものか。あやつは剣の才では群を抜いている。おそらく尾張《おわり》柳生でも勝てまい」

尾張柳生とは、柳生宗矩の甥《おい》柳生利厳《としよし》のことである。戦場で傷を負い、歩行困難となった父に代わって祖父柳生石舟斎《せきしゅうさい》の薫陶を受けただけでなく、新当流《しんとうりゅう》槍術《そうじゅつ》、穴沢《あなざわ》流《りゅう》薙刀術《なぎなたじゅつ》も修め、そのすべてにおいて印可を受けた達人であった。

熊本《くまもと》藩加藤《かとう》家に仕えていたが、同僚と争ってこれを斬殺して牢人となった。後、家康に召し出され、尾張徳川家の剣術指南役となった。

「十兵衛くらいになると、人の被《かぶ》った皮などあっさりと見抜く。そして皮を被っている狸《たぬき》どもが十兵衛は大嫌いじゃ。その十兵衛ができるだけ早く手元にと言うのだ。よほどそなたの素を気に入ったのだろう」

「かなんなあ。十兵衛はん」

一夜がぼやいた。

「さて、皮が一枚はげたところで、話をしなおそう」

柳生宗矩がじっと一夜を見つめた。

「……一枚でっか。ふふ、どうぞ」

一夜も頬だけで笑い、見返した。

「はっきり言おう。柳生には金がない」

「そんなもん、わかってます。あったら、わたいなんぞに手ぇ出しはりませんやろ」

子孫を作って家を残すのが武士の重要な役目であった。血筋がいなければ、先祖が功を立てて手にした領地や知行が取りあげられてしまう。言いかたを変えれば、血筋がある限り、子々孫々まで安泰な生活が約束されるのだ。正室との間に子を儲けるのがなによりではあるが、かならず男子が産まれるという保証はない。武士にとって庶子は恥ではなかったが、一夜のように一度限り、その場の欲望でできてしまったとなれば、多少の皮肉は覚悟しなければならなかった。

「………」

柳生宗矩が都合悪そうな顔をした。

「禄を出したくない。一門なら飯を喰わせて、寝るところを与えればすむというところですやろ」

「見抜いていたか」

「そのていども見抜けぬ勘定方なんぞ、なんの役にもたちまへんで。算盤ができるだけで、藩の蔵の鍵は預かれまへん。出ていくぶんを締めるだけやったら、わたいは要りまへん。それでええんやったら、大坂へ帰らしておくれやす」

「わかっている。もう、武士の時代ではない。これからは金の時代だ」

「豊臣はんのころから、わかってたことでっせ」

本能寺で主君織田信長が明智《あけち》光秀《みつひで》によって殺されたことで、出自さえ明らかでない豊臣秀吉、当時の羽柴《はしば》秀吉が一気に台頭した。羽柴秀吉は、明智光秀、柴田《しばた》勝家《かついえ》を討ち、織田信孝《のぶたか》を廃し、織田信雄《のぶかつ》、徳川家康を抑えて天下人になった。これは要所要所で金をうまく遣えたからであった。

「そのころの柳生は、明日の米に苦労していた」

「なら、より金が大事やとおわかりですやろ」

苦い表情をした柳生宗矩に一夜が告げた。

「柳生は剣に生きると父が決めたのだ」

「お爺《じい》はんですか。はあ」

「だが、そのお陰で余は徳川本家に、甥は尾張徳川家へ仕えることができた」

ため息を吐いた一夜に、柳生宗矩が強い口調で言った。

「武芸は金に落ちてはならぬ。ましてや我が柳生は将軍家の剣術指南役、お手直しをする家柄なのだ。直接上様のお手に触れて、太刀筋の稽古をいたす余の腕が、金に汚れていては務まらぬ」

「汚れと言うなら、帰りまっさ。商人の血でできてるわたいは、柳生にふさわしくございませんやろ」

「待て。これは表向きじゃ」

席を蹴りかけた一夜を柳生宗矩が留《とど》めた。

「表や裏やと……まったく。本音と建て前が要るくらいはわかってますけどなあ。ここで本音を出してもらわんと、わたいは算盤を置くだけでなんもしまへんで。もっともわたいが算盤入れるだけでも違いますけどな」

あきれながら一夜が述べた。

「……違うだと」

柳生宗矩が気色ばんだ。

「…………」

一夜が懐へ手を入れ、なかから帳面を二冊出した。

「国元でちぃと調べただけですけどな。算盤の合わんところがいくつもおました」

すっと帳面を一夜が差し出した。

「…………」

受け取った柳生宗矩が帳面を見た。

「印を付けたるところだけで結構ですよって」

一夜が全部は見なくていいと告げた。

「……たしかに」

柳生宗矩の顔色が変わっていた。

「国元の家臣が……」

「違いますやろ。どなたが、どうかかわっているかは存じまへんが、少し見ただけではわからん工夫がされてます。そこまで算術のお得意なお方が国元におられますか」

「……いや、誰も彼も算盤より木刀といった連中じゃ。代官たちも字も書け、足し引きくらいはできるが、細かい勘定まではできまい」

問われた柳生宗矩が首を横に振った。

乱世が長く続いたことで、学ぶということが後回しになった。寺へ通って字を習うくらいならば、山へ入って明日食べるものを探せだったのだ。ましてや算術ともなると、僧侶か公家《くげ》が楽しみでするか、商人が商いで必須だから身につけるくらいで、武家では軍勢がどのくらいいるか、合戦でどのていど減ったかがわかるだけで十分であった。

「年貢米を運ぶのはどないしてはります」

「知らぬ」

領主には違いないが、柳生宗矩は江戸にずっとおり、惣目付という激務に邁進してきたのだ。国元の事情には疎かった。

「わかる御仁は」

「用人《ようにん》ならば……」

一夜の質問に柳生宗矩が答えた。

「呼ぼう」

「いや、待っておくれやす」

「なんだ」

制止した一夜に柳生宗矩が首をかしげた。

「このまま流されては困ります。わたいの身分をはっきりしておくれやす」

一夜が立場を明確にしてくれと要求した。

「役に立つとおわかりになられたかと」

「吾が息子という……」

「お断りをします。強要できるかどうか、なんやったらそのへんのお屋敷で訊いてきましょうか。生まれてこの方放ったらかしやったのがと」

「……………」

子を産ますのはいい。戦場でのいきずりというのは多少の恥には違いないが、柳生どのも若かったのだで終わる。ただ、子供と認めず放置しておきながら、要るとなった途端呼び寄せて、一門だからただ働きじゃはさすがに外聞が悪かった。

「生きて屋敷を出られるとでも」

「笑わせんとって」

殺気をぶつけた柳生宗矩に、一夜が声をあげて笑った。

「……………」

「驚いてはりますか。ただの商人が耐えられるはずないと」

目を大きくしている柳生宗矩に、一夜が訊いた。

「違いますなあ。あのお方は殺す気のないとき、そこまで剣呑《けんのん》やない」

「まさかっ」

「左門はん。あの御仁はあきまへん。あの人と対峙《たいじ》させられたときは、もう死んでると思いましたで。それに比べたら殿さまの脅しくらい耐えられますわ」

気づいた柳生宗矩に、一夜がため息を吐いた。

「十兵衛か」

「ということで、待遇の話しましょ」

一夜が口の端を吊り上げた。

第四章　禄と女

一

柳生家の屋敷に、一夜が着いたことはすぐに三代将軍家光のもとへ届けられた。

「大坂商人の娘から生まれたと聞いたが、真《まこと》か」

家光が報告に来た老中堀田加賀守正盛《ほったかがのかみまさもり》に問うた。

「左門のことを調べましたおり、伊賀者に確認させております る」

堀田加賀守が答えた。

「剣とは己の心を映すものでございまするなどと、堅いことを申している割に外で子供を作っているとはの」

家光が嘲笑を浮かべた。

「で、どのような者じゃ。左門に似ておるのか」

寵臣《ちょうしん》の名前を出して、家光が訊《き》いた。

「いかがでございましょう。わたくしも見ておりませぬので、なんともお答えのしようがございませぬ」

「一度顔を見たいの」

首を左右に振った堀田加賀守へ家光が求めた。

「卑しき出のものでございまする。上様がお目通りを許すほどのことはございませぬ」

堀田加賀守が少しだけ不満を口調に乗せた。

「相変わらず嫉妬深いの」

「存じませぬ」

笑いを含んだ家光に、堀田加賀守が拗《す》ねた。

慶長十三年（一六〇九）生まれの堀田加賀守は今年で二十八歳になる。家光の閨《ねや》に呼ばれなくなって二十年近いが、いまだにお側《そば》去らずとして寵愛《ちょうあい》深かった。

「愛《う》いやつよの」

家光が目を細めた。

「安心いたせ。たとえ、その者が左門に似ていたところで、躬《み》の側には置かぬ。ただ、見てみたいだけよ」

「はっ」

少し強い声を出した家光に、堀田加賀守が平伏した。

「但馬守の屋敷はどこじゃ」

「愛宕下と品川にあったかと」

家光に言われた堀田加賀守が答えた。

男色を好んだ家光は、寵童《ちょうどう》から大名に取り立てた堀田加賀守、松平《まつだいら》伊豆守《いずのかみ》らの屋敷へよく御成《おなり》をした。

「御成をなさるおつもりでございますか」

堀田加賀守が気色ばんだ。

御成は大名にとって末代までの誉になる。将軍が屋敷に来たならば、なにもせずに帰すわけにはいかない。湯茶だけでなく、食事も饗《きょう》する。場合によっては泊まっていくときもあり、そのときは閨に将軍の好みに合致した少年あるいは女を侍《はべ》らせる。

ようは、毒殺や謀殺をしないと信用されているからこその御成なのだ。

「躬の忠臣である」

御成は、将軍がそう公言するに等しく、その栄誉にあずかった者は、以後の出世を保証された。

「鷹《たか》狩《が》りの折りに立ち寄るだけじゃ」

「……申しわけございませぬ」

そうではないと言った家光に、堀田加賀守が不満を呑みこんで詫《わ》びた。

家光は御成もよくしたが、鷹狩りも愛した。鷹狩りは軍学に繋《つな》がるとして、家康も推奨したことで、剣術はあまり熱心ではなかった家光もなにかあればおこなっている。

鷹狩りはその名の通り、鷹を使って鴨《かも》などの小鳥、兎《うさぎ》などの小動物を狩るもので、江戸から少し離れた狩り場へ出向く。将軍家の狩り場は多く、品川付近にもあった。

整備されているとはいえ、野山を駆ける鷹狩りは疲れる。もちろん、休息用仮屋も用意されるが、それより近隣の大名屋敷へ立ち寄って、湯茶の接待を受けるほうがおもしろいとして、家光はちょくちょく足を向けていた。

「お心あれば……」

これ以上の嫉妬は不興を買う。気に入った家臣でも、図に乗ると手厳しい処分を下《くだ》す。家光の激しさを堀田加賀守はよく知っていた。

「いつにするかの」

「但馬守も呼び寄せたばかりでございますゆえ……」

「あまり早いと辛《つら》いか」

「上様がお望みとあれば、明日にでも承るのが臣たるものの務めでございまするが、いささかの猶予を与えてやれば、上様のご恩情に但馬守も感激いたしましょう」

「そうだの。但馬守には他にもさせておることだ」

堀田加賀守の説得に、家光がうなずいた。

「下がってよいぞ」

「はっ」

家光が手を振った。

老中の控え室は御座の間の隣にある。そこで他の執政《しっせい》たちは、今も政務に勤《いそ》しんでいた。

「……小うるさいの」

堀田加賀守がいなくなった途端、家光がため息を吐《つ》いた。

「閨に呼んでいたころは、あやつの嫉妬も可愛《かわい》かったが……」

家光が苦笑した。

「庭へ出るぞ」

「はっ」

控えていた小納戸《こなんど》、小姓《こしょう》が急いで御座の間に接している中庭へと走った。

城中といえどもどのようなことがあるかわからない。刺客が潜んでいることもある。でなくとも蜂や蝮《まむし》などの危険な生きものはいる。もし、家光が蜂に刺されたり、蝮に嚙《か》まれたりしたら大事になった。

少なくとも小納戸、小姓は切腹、家は改易とまでいかずとも、お目見え格を剝奪される。

「どうぞ、お出ましを」

小半刻《こはんとき》（約三十分）をかけて庭を調べた小姓が家光へ報告した。

「大儀である」

ゆっくりと立ちあがった家光が、庭へと出た。

「そなたらは控えておれ」

庭に設けられた東屋《あずまや》へ家光は一人で入った。

「狗《いぬ》」

「これに」

呼びかけた家光の前に忍装束《しのびしょうぞく》が現れた。

「惣目付《そうめつけ》どもはどうじゃ」

「秋山修理亮が、甲賀を使っておりまする」

将軍への報告に敬称は不要である。狗と呼ばれた忍が告げた。

「但馬守と親しいそなたら伊賀者は避けたか。ふん、まだまだよな。あえて伊賀者を使い、手中のものとしてこそ、惣目付たりうるであろうに」

家光が鼻で嗤《わら》った。

「但馬守の庶子というのはどのような者か」

「並かと」

「とくにどうということもないと」

「…………」

身分が違いすぎるため、要らぬ口は利けない。肯定のときは無言が幕府伊賀者の決まりであった。

「使えるのか」

「申しわけございませぬ」

「但馬守の屋敷には、入りこめぬと」

「…………」

「さすがは但馬守である」

狗の能力を云々《うんぬん》ではなく、柳生宗矩を家光は褒めた。

「惣目付から外したのは、早まったかの。あやつには会津《あいづ》のことをさせたいがゆえに、惣目付を辞めさせたいと考え、大名にしたのだが」

手柄を立てている家臣をその役から外すのは難しい。単に外しただけでは、信賞必罰にもとる。かといってそれ以上の役目に就ければ、家光の策の駒として柳生宗矩を使えなくなる。

柳生宗矩の手柄は、天下に明らかである。なにせすべての大名に怖《おそ》れられ、憎まれているのだ。

その功績を無視して役目から外せば、他の惣目付も働かなくなる。手柄が評価されなければ、ご恩と奉公という武家の根本にひびいる。

褒めつつ惣目付から外すには、大名にするしかなかったと家光は呟《つぶや》いた。

「よし。そのまま見張っておけ」

「はっ」

「甲賀がなにをしでかそうが、手出しはするな」

「仰せのままに」

一夜を見捨てていいと言ったに等しい家光に、狗は疑問を口にさえせず、承諾した。

「散れ」

そう狗へ言いつけて、家光が背を向けた。

一人になった家光が東屋から庭を見た。

「ここでよく、左門と戯れたものよ」

家光は昼であろうが、どこであろうが寵童を愛《め》でた。

「もう二度と会えまい」

柳生宗矩が左門を病気と言い立てて国元へ帰したときに家光は覚悟をすませていた。もちろん、それが惣目付という役目上やむを得ないことだともわかっていた。柳生宗矩に惣目付をさせ、かつて家光を嘲笑した連中を潰させた。その代償が左門との別れだとも納得した。

すでに左門も二十歳をこえ、閨に侍らなくなってはいた。なりかわられるのではないかと恐怖した堀田加賀守、松平伊豆守を筆頭とする寵臣たちの嫉妬もうるさくなっていた。

でなくば、柳生宗矩を無理矢理隠居させて、左門に家を継がせていた。

「将軍とは面倒じゃ。好きなこともできぬ。こんなことならば忠長にくれてやり、躬が駿河にいたほうがよかったかも知れぬ」

家光が寂しげに独りごちた。

「忠長から駿河を取りあげたとき、躬は天下人として父をこえると決めたのだ。同じ子でありながら躬を嫌った父を凌駕《りょうが》し、崇敬する祖父《じい》さまへ近づく。躬は名君にならねばならぬのだ。神君と名君に、初代と三代に挟まれた二代を貶《おとし》めるために。親に及ばず、子に追いこされた凡庸な将軍と呼ばれ、歴史のなかに埋もれるがいい、台徳院《たいとくいん》」

亡父の法名を口にして家光が呪《のろ》った。

「肥後《ひご》に会津を……それくらいしてのけてくれぬとの。但馬守。左門を躬から取りあげた代償は重いぞ」

家光が東屋を後にした。

二

一夜は待遇の話を繰り返した。

「商品を売り付ける前には、ええところを並べ立てなあきませんわな。少し、お待ちを」

一度一夜は御座の間を出て、与えられた部屋へと向かった。

「よいしょっと」

一夜は部屋にあった帳面や書付をもう一度風呂敷に包み直した。

「さて……」

「おい」

部屋を出た一夜を宗冬が待ち構えていた。

「なにか御用でも」

「出ていけ」

問うた一夜に、宗冬が指で勝手口を指さした。

「殿さまの御用中なので、ごめんを」

相手をせず、一夜が宗冬の横を抜けようとした。

「吾《わ》が指図が聞けぬと」

「…………」

一夜は宗冬を無視して進もうとした。

「こやつっ。愚弄するか」

宗冬が一夜の右手を摑《つか》んで、肩の関節をきめようとしてきた。

「痛いっ、痛いっ。どなたかあ」

一夜が大声で悲鳴をあげた。

「なにごとっ」

「どうなされた」

たちまち人が集まってきた。

「若さま」

「これはっ」

出てきた家臣たちが、宗冬に気づいた。

「散れっ。散れっ」

「ご無体を仕掛けられております。お助けを」

家臣たちに去れと命じる宗冬に、一夜が嘆願を被《かぶ》せた。

「……どうしたら」

家臣たちがうろたえた。

「散らぬかっ」

憤った宗冬が大声を出した。

「なにを騒いでおる」

柳生宗矩が現れた。

「殿」

あわてて家臣たちが控えた。

「なにをしている、主膳」

「これは……」

宗冬が言いわけもできずに固まった。

「自室に帰って謹んでおれ。左兵衛《さへえ》、見張れ」

柳生宗矩が冷たい声で命じた。

「父上、こやつは……」

「代わりを連れて来たならば、話を聞いてやるとさきほど申したはずじゃ。それに従わず、力に訴えるなど論外じゃ。去《い》ね」

宗冬の言いわけを柳生宗矩が禁じた。

「くっ」

きっと一夜を睨《にら》んだ宗冬が、肩の関節を潰そうとひねり上げかけた。

「ええ加減にしいや」

左手に持っていた風呂敷包みで一夜が宗冬の顔を打った。

「あっ」

顔を打たれて、宗冬が手を放した。

「父上、こやつが無礼を……ひっ」

言いつけようと父のほうを向いた宗冬が息を呑《の》んだ。柳生宗矩が懐刀の柄《つか》に手をかけていた。

「……ひい」

「あわっ、あわっ」

あふれ出した殺気に、家臣たちも震えあがった。

「まだ父を甘く見ているようだの」

「い、いえ」

振り切るようにして、宗冬が一夜の手を放した。

「ご、御免を」

逃げるようにして宗冬が柳生宗矩の前から消えた。

「あ痛たた」

一夜が右手をかばった。

「行くぞ」

柳生宗矩が気にせず、踵《きびす》を返した。

「…………」

不満そうな顔をしながら、一夜が続いた。

「座れ」

御座の間に戻った柳生宗矩が、一夜に言った。

「痛いんですけど」

「振りは止《や》めよ」

一夜の訴えを柳生宗矩が一蹴した。

「多少ひねられたくらい、放っておけばすむ」

「本気で肩を壊しに来はったんですが」

流された一夜が苦情を告げた。

「ひねられる前に主膳の顔を打ったではないか」

「……やはり無理でした」

指摘された一夜が苦笑した。

「あのお方、ちいと修業が足りはれへんのと違いますか。目に出過ぎでっせ」

「やはり、わかるか」

柳生宗矩が一夜の指摘にため息を吐いた。

「まだ若いというのもあるが……なにより、兄たちへ追いつかねばならぬとの思いが強くての」

「見えるところにこだわると」

「そういうことだ」

「ですけど、あれではあきまへんで。いつ来るか、どこを狙っているか、目見たら一発でわかってしまう」

瞑目《めいもく》した柳生宗矩に合わせて、一夜も嘆息した。

「比べる相手が悪すぎると気づいてない……」

「十兵衛は早くから家を出ておるし、左門は上様のお側から離れなかったうえ、今は国元だ。ただ、道場の弟子たちの言う十兵衛は神のようであり、左門は鬼より怖いという話に乗せられておる」

「一回、国元へ行かしたらどないです。十兵衛はん、左門はんと稽古しはったら……」

「十兵衛はまだいいが……左門ならば主膳を潰しかねぬ。そのていどで上様をお守りできるかと本気で怒るぞ」

　柳生宗矩が苦く頰をゆがめた。

「しはりますやろなあ」

「あやつには、上様とそれ以外しかない。たとえ親であろうが兄弟であろうが、上様のお役に立つかどうかで見る」

「旗本の鑑《かがみ》ですがな」

「……本気で申しておるのか」

「わたいにはかかわりおまへんよってなあ」

　目つきを険しくした柳生宗矩に、一夜が首を左右に振った。

「さて、商品の価値が少し下がったようなので、ここで……」

　一夜が風呂敷包みを解いた。

「村年貢台帳、猟師と川漁師の運上高控え、薪《まき》、炭……と」

　次々に一夜が帳面を積みあげた。

「……これらは後で目を通しておいてください」

　すっと帳面の山を一夜は柳生宗矩へと押し出した。

「これらすべてをか」

「たった三年でっせ。本当なら慶長五年（一六〇〇）からのぶんを見て欲しいんですけどな」

柳生が復活してからすべてのものを知っておいてもらいたいところだが、今はこれだけでいいと一夜が言った。

「勘定方の仕事であろう」

「できる者に任せる。それはまちがいやおまへんけど、知っていないと不正に気づきまへんで」

「しかしだな……」

「もちろん、毎年の細かい数なんぞ覚えていただかんでよろし。ただ、毎年こういう感じだなという流れだけ摑んでおいておくれやす。それだけで、かなりいろいろなものが見えてきます」

「わかった。あとで見ておく」

「お願いをいたしますわ。さて、わたいの値段をつり上げるのは、ここに書いてある案ですわ」

「案……」

「金を稼ぐ方法と言い換えまっさ」

怪訝《けげん》な顔をした柳生宗矩に、一夜が言い換えた。

「どうぞ、御披見を」

一夜が備忘録を差し出した。

「…………」

受け取った帳面というには薄い備忘録へ柳生宗矩が目を落とした。

「……むうう」

ざっと読み終わったという感じながら、柳生宗矩がうなり声をあげた。

「どないですやろ。ちなみにそれで全部ではおまへん。もう三つほどありますけど、それについては根元がまだできてまへんので省いてます」

「ということは、ここに書かれているのは、全部できるというのか」

「はい」

確認した柳生宗矩に一夜がうなずいた。

「これを余が奪い取って、そなたを用済みだと放り出すとは思わなかったのか」

「できますか」

「これだけ懇切ていねいに書かれていたらできるだろう」

問うた一夜に柳生宗矩が答えた。

「ほしたら、柳生流の太刀筋を紙に書いたものを与えれば、剣の達人を量産できますなあ」

一夜が笑った。

「商いを舐《な》めてもろうたら困ります。わたいがなんで京へ寄って顔つなぎをしてきたと思いますねん。同じことをわたい以外の者がしようとしても、門前払いでっせ」

「柳生家の名前を出せばいい」

「なんでわたいがもっとも近い奈良の商家やのうて、京を選んだか……」

大名の威を持ち出した柳生宗矩に、一夜が返した。

「そういうことか」

柳生宗矩が嫌そうな顔をした。

京には武力とは別の歴史、格式という区別がある。

たかが商人だと侮って、権威を振り回せば、代々の御所出入りでその大名より高い官位を持っていたりする。

「どういうことでおじゃるかの」

商家からちょっとした手間賃をもらった公家《くげ》が、京都所司代《しょしだい》へ苦情を伝える。

「言い聞かせまする」

京都所司代から、手厳しい叱りがその大名家へ向かうことになる。

「奈良の商家へ話を持ちこめばいい」

「なんの実績もないお方に、商人が合力《ごうりき》はしまへんで。領内の者《もん》なら別ですけどなあ。それだけのことができる商人が柳生にいてますか」

柳生宗矩の足掻《あが》きを一夜があしらった。

「……わかった」

「けっこうで」

折れた柳生宗矩に一夜が一礼した。

「さて、どれだけの値を付けてくれはりますか」

「百石でどうだ」

一夜に訊かれて柳生宗矩が考える間もなく告げた。

「柳生家の土台が固まるまで、お仕えいたしましょう」

一夜が了承した。

三

柳生宗矩は一夜が置いていった帳面を前に、考えこんでいた。

「あそこまでとは……予想外であった」

一夜のしたたかさに柳生宗矩は驚いていた。

「誰ぞ」

柳生宗矩が大声を出した。

一夜との話を聞かれてはまずいと他人《ひと》払《ばら》いをしていたからだ。

「……お呼びでございましょうか」

しばらくして小姓が顔を出した。

「松木《まつき》をこれへ」

「はっ」

小姓が小走りで下がった。

「御用でございまするか」

小姓の代わりに顔を出したのは壮年の用人《ようにん》であった。

「これを読め」

柳生宗矩が備忘録を松木に渡した。

「拝見……これは」

薄いだけにすぐ読み終わる。

「殿がこれを」

「余にそんなものが書けるか」

尊敬の眼差《まなざ》しを向けた用人に、柳生宗矩が苦笑した。

「大坂から呼び寄せたあやつがな、柳生の庄を見て案として持って来た」

「あのお方が」

松木には一夜のことを柳生宗矩は話していた。

「どうだ、そなたならできるか」

柳生宗矩が問うた。

松木は柳生家が旗本に復帰したときから、ずっと用人として内政を支えてきた。今の柳生家があるのは松木の功績のお陰ともいえた。

「一つくらいならばできましょう」

はっきりと松木が首を横に振った。

「商人同士のつきあいを使わねば、これのほとんどはできませぬ」

「ふむ。松木、近う寄れ」

もう一度無理だと答えた松木を柳生宗矩が手招きした。

「これらを実行した後、継続はできるか」

「…………」

柳生宗矩の言いたいことを理解した松木が息を吞んだ。

「万一のときの話だ」

「一夜さまがおられなくなれば、まず半分はそこで終わりましょう。ですが、半分は残せるかと……もちろん、すぐには無理でございまする。少なくとも相手の商家に、当家とつきあえば得をするとわからせてからでなければ」

「どれくらいかかる」

松木の言葉に、柳生宗矩が訊いた。

「早いもので一年。できれば二年はいただきたく」

「二年か……」

柳生宗矩が考えこんだ。

「なにかございましたので」

呼び出した息子を切るとほのめかした柳生宗矩に松木が尋ねた。

「柳生の名は要らぬと申したのだ」

「なんとっ……」

主君のため息に松木が驚愕《きょうがく》した。

武士にとって氏素性はたいせつなものであった。どこの家と繋がっているか、それで世間の対応が変わる。

柳生宗矩の息子となることは、大名の名簿に連なることでもある。

身分も陪臣ではなく、将軍の直臣《じきしん》として扱われる。さすがに十兵衛以下四人の息子がすでにいる柳生家を継ぐことはできないだろうが、うまくすれば跡継ぎのない旗本の家へ養子に入ることもできる。

「武士はなにも産まぬ。金も稼がぬ。それが許せぬのだろうな」

一夜の出した案は、どれも少し考えれば気がつくていどのものであった。しかし、それを考えようとせず、金がない、金がないとわめく武士を、一夜はあきれている。

柳生宗矩は、わずかな遣《や》り取りで、それを見抜いていた。

「一応百石で仕えよとは言った」

「百石……」

松木がふたたび驚いた。先日まで六千石しかなかった柳生家で百石といえば、松木と国元を預かる松永《まつなが》の二人くらいしかいなかった。

今回の加増で、松木は百八十石、国元代官の松永が百四十石に加増された他に、数名百石に引きあげられた者はいたが、それでも五指ていどしかなかった。

「高いか」

「……いいえ。これだけのことをしてくださるならば、三倍出しても惜しくはございますまい」

水を向けた柳生宗矩に、松木が首を横に振った。

「だが、そこまでしては、昔からの者がおもしろくあるまい」

「はい。反発が起きましょう」

「ゆえに、余の息子として藩政にかかわらせたかったのだが……」

柳生宗矩が眉間にしわを寄せた。

「かといって、それ以下では肚《はら》を見透かされる。なにより、あやつを引き抜こうとする者が出てくる」

「仰せの通りでございまする」

松木も難しい顔をした。

人を雇うというのは難しい。安すぎるとこのていどにしか評価してくれないのかと、忠誠心が薄くなる。また、柳生が豊かになったら、かならずその理由を他の大名たちが探りに来る。どこも内情は苦しいのだ。少しでも方策があれば、それに乗りたいと思うのは当然である。そして、藩政改革というのは、どれだけ密《ひそ》かにやったところでばれる。

昨日まで大名同士のつきあいもできなかった、あるいは最低限だった者が、いきなり家柄にふさわしい、もしくはそれ以上のことをしだしたら、目立つ。

それどころか、身につけているものが少しよくなるだけで、気がつく者は気づく。ましてやそれが近隣の大名ならば、ものの動きが増えただけで注視してくる。

「なにかなされたのか」

直接訊いてくる者はまだいい。

「探ってこい」

隠密《おんみつ》や探索方を忍びこませる者、

「隠し田ではないか」

惣目付に売る者も出てくる。

「十万石の大名なら、一千石出せる。百万石の前田《まえだ》家ならば五千石から一万石でも出しかねぬ」

　たかが商人ならば、どこも禄《ろく》なんぞ雀《すずめ》の涙ほどしか出さないが、将軍家剣術指南役柳生宗矩の息子とあれば、母親が誰だとか育ちがどうとかは言えなくなる。相応の禄を出さないと、己がやったように引き抜かれるのが落ちであった。

「たしかに。ここに書かれているものがすべてなされたとき、当家の実高は三割、いえ五割は増えましょう。どこの藩でも一夜さまを喉から手が出るくらい欲せられましょう」

「ゆえに一門にしたかったのだ。他家の引き抜きに遭っても、一族であれば断れる。なにより、相手が躊躇《ちゅうちょ》する。禄を渋ったわけではない」

　松木の言うことを柳生宗矩は認めた。

「だが二十年の放置は険しい。そこを突かれては、余に言い返すものはない」

「…………」

　柳生宗矩の悔いに松木は反応しなかった。

「ゆえに当家としては出せるだけのものを呈示し、あやつは受けた。禄高ではなかろう。こちらの覚悟を見たのだと思う。なにせ実家に帰れば、柳生が十家よってたかったところで勝てぬほどの金があるのだ。嫌ならさっさと逃げ出すだろう」

「おめでとうございまする」

松木が祝意を述べた。

「となりますれば、わたくしは家中《かちゅう》の反発を抑えましょう」

すべきことを松木は理解していた。

いきなりの新参者が、それも一門となることを拒否した一夜が、家中で重臣として厚遇される。長く柳生家とともに苦労してきた者ほど認められない。かならず一夜に当たる者が出てくる。

「邪魔だけはさせるな。あやつが当家に仕官した理由は、おそらくあらたに金を生み出すという方法を試してみたいだけじゃ。あるていど見極めが付いたら、あっさりといなくなっても不思議ではない」

「心いたしまする」

松木が緊張した。

「とはいえ、馬鹿は出る。いや、出た」

「主膳さまでございますか」

すでに主膳のことは屋敷中に広まっていた。

「柳生が旗本になり世間でも認められるようになってから生まれたゆえ、苦労が足りぬ。余も惣目付の役に忙しく、あやつのしつけを怠った。主膳が一夜を嫌っているのだ。それに同調する者は出る。これを完全には防げまい」

「……はい」

人の心というのは、わからない。表向きがどうであれ、内側では一夜を蔑《さげす》む者はかならずや出てくる。

「できるだけ厳しく対応をいたしましょう」

「うむ。あと一つ」

うなずいた柳生宗矩が、松木を見つめた。

「女を用意せよ」

「……女でございますか」

松木が首をかしげた。

「名誉でも金でも縛れぬのだぞ。となれば女しかあるまい。あやつは慶長二十年（一六一五）生まれのはずじゃ。今年で二十二歳のはず。そなたも覚えがあろう。そのころはとにかく女が欲しかったはずじゃ」

「たしかに」

柳生宗矩の話に松木も同意した。

「では、世話をする女中を付けましょう」

松木が言った。

家臣となった一夜は一門の住める御殿ではなく、屋敷のなかにある長屋を与えられることになる。藩政改革の主体となり、勘定方もとりまとめるとなれば、早朝から深夜まで、休みなしで働かねばならない。当然、長屋の家事などできるはずもなかった。

「家中の娘のなかで見目麗しいのを……」

「そんなにのんびりはしておれぬ」

松木の案を柳生宗矩が否定した。

「家中の娘となれば、言い含めたところで、そうそう男を受け入れはすまい」

武家の女は貞操が堅い。いくら用人が因果を含めたところで、自ら閨へ侍ることはできなかった。主命ゆえ、一夜に求められれば拒みはしないだろうが、そこまで待たなければことはならない。

「では、後家を……おりませぬな」

松木が己で言いながら、首を左右に振った。

「伊賀者の娘を用意せよ」

「……伊賀者の娘でございますか」

「そうじゃ。伊賀の女ならば、閨ごとも学んでおる。任のためならば敵にも抱かれるのが女忍だとも聞く。なにより、普通の娘と違い、一夜の行動を見張れるのがいい」

「見張るとは……」

松木が怪訝な顔をした。

「一夜に近づこうとする者のことよ」

「引き抜きを阻止すると」

「だけではないがな。一夜を通じて当家のなかを探ろうとする者も出てこよう」

「一体誰が当家を……」

内政を主にしてきた松木が戸惑った。

「我が古巣よ」

柳生宗矩はすでに秋山修理亮ら惣目付たちが、一夜を呼び出したのを知っていると読んでいた。

「惣目付が……」

「わかっているのか。柳生も惣目付に見張られる立場になったのだぞ」

唖然《あぜん》とした松木に、柳生宗矩があきれた。

「そして、それは柳生を守ってきてくれた盾を失ったも同義なのだ。今まで惣目付に痛い思いをさせられた者たちが、牙を剝《む》いてくる」

「…………」

敵はまだいると付け加えた柳生宗矩に松木が息を呑んだ。

「それらの手からも一夜を守らねばならぬ」

「い、急ぎ手配を」

国境を接している柳生と伊賀は昔から交流がある。今も柳生家の江戸屋敷には三名ほどの伊賀者が門番足軽や小者《こもの》に扮《ふん》して守りについている。だが、そのなかに女はいなかった。

松木が慌ただしく立っていった。

「……逃げられると思うなよ」

柳生宗矩が独りごちた。

四

引っ越しといったところで、荷物などないにひとしい。

「文机《ふづくえ》と行灯《あんどん》は借りてきたけど……」

与えられた長屋を見回しながら、一夜が嘆息した。

「なんもないなあ」

板張りの長屋は禄高にふさわしく、土間、二畳ほどの供待ち、四畳半の客間、台所と厠《かわや》、湯桶《ゆおけ》があるだけの風呂、二畳ほどの女中部屋と小者部屋が二つ、そして主とその家族が使う六畳と八畳の二間とそこそこ広い。

しかし、人が住んでいなかっただけによごれてもいるし、なにより道具がいっさいなかった。

「まずは買いものからやな」

茶碗《ちゃわん》、箸、鍋、釜から夜具と着替えなど、そろえなければならないものは多い。

「まあ、柳生の庄へすぐに戻れと言われへんかっただけ、ありがたいわ」

十兵衛がまったく剣を握ったこともなかった一夜にあきれ、一人前の侍にすると厳しい稽古を毎日課した。江戸にいる間は、その十兵衛と離れられる。

一夜は安堵《あんど》していた。

「金はある。ほな、江戸見物がてら買いものするか。日が暮れるまであまり間がないしな。早《はよ》せんと夜具なしで寝んならん」

腐っても大坂で指折りの豪商淡海屋の跡取りなのだ。金は十二分に持ってきている。

「まずは、荒物屋や」

一夜は柳生家の勝手門へと向かった。

「門番が立ってる。さっきはいてへんかったのにな」

不思議に思いながら、一夜は勝手門へ近づいた。

「ちょっとええかいな」

「なんでござろう」

声をかけられた壮年の門番が応じた。

「わたいは淡海一夜ちゅうもんでな、今日から当家に逗留《とうりゅう》することになってん。これからも出入りすると思う。顔覚えてんか」

「これはご丁寧に。わたくしは素我部《すがべ》一新《いっしん》でござる」

「素我部はんやな。よろしゅうに。で、早速やねんけど、長屋のものを買いたいねんけど、どこに店があるか教えてくれへんか」

「なるほど。今日からでは、長屋は空《から》でございますな」

微笑《ほほえ》みながら素我部が納得した。

「鍋釜ならば、この道をまっすぐ左へ進まれて二つ目の角を左に曲がったところに荒物屋がございまする。夜具などの古着でしたら、そこで訊いていただいたほうがよろしいかと」

懇切に素我部が説明した。

「おおきに。助かったわ」

手を上げて、一夜は素我部に礼を述べ、屋敷を出た。

「あれが、殿の」

「らしいの」

見送った素我部の独り言に応じる者がいた。

「行ってくる」

声が消えた。

柳生屋敷を出た一夜に、見張りをしていた甲賀者が気付いた。

「あれか……」

江戸詰で一夜の姿を見たことのない甲賀者が懐から、甲賀から届いた人相書きを出して確認した。

「……待て」

後を尾《つ》けようとした甲賀者を、別の甲賀者が制した。

「屋敷の変化を見てからじゃ。伊賀者がおるというではないか」

「確かにそうだが……」

注意された甲賀者が首肯した。

「どれが伊賀者かなどわからぬぞ」

武士には門限がある。日が落ちるまでに屋敷へ帰らなければ罰を受けることもある。まだ、日暮れまでときはあるが、それでもぎりぎりはまずい。柳生屋敷のある愛宕下には、多くの人通りがあった。

「どうする」

「ここで待つか」

甲賀者たちは目立たぬよう柳生家から少し離れた屋敷の立木を利用して潜んでいた。

「吾《われ》が出よう。おぬしはそこで、吾を尾ける者がいないかどうかを確かめてくれ」

「うむ。で、いた場合はどうする。仕留めるか」

「それはまずかろう。柳生家の家臣になっていた場合、騒動になる」

「あやつが見張られているかどうかを確かめるだけでもよいか」

二人の甲賀者がうなずき合った。

甲賀者たちは伊賀者を一夜の陰守《かげもり》だと考えていた。

「後を尾けていると知られるのもよろしくはないが……」

伊賀者の警戒は強まるし、報告を受けた柳生宗矩も動き出す。一夜をできるだけ屋敷から出さなくなる。あるいは出しても一人では行かさず、表だっての警固が付く。

「ちと面倒にはなるが、勘定方として迎え入れたならば、閉じ込めておくわけにもいくまい」

「ああ。出入り商人との遣り取りもある。出入り商人ならば屋敷へ呼びつければいいが、新しい商人とのつきあいを始めるとなれば、そうもいくまい」

いかに重要人物だからといって、屋敷から出さないと果たせない役目もある。

「とにかく、今はどこへ行くかを見失うほうがまずい」

甲賀者を指図している秋山修理亮は、戦国武田《たけだ》家の猛将秋山伯耆守《ほうきのかみ》虎繁《とらしげ》の子孫だと称している。旗本にありがちな名門との自負が強く、下僚に厳しい。

一夜の行方を見失ったなどと報告すれば、その場で甲賀者を切り捨てかねなかった。

「頼む」

すっと一人が音もなく木から下りた。

「…………」

そこに潜んでいたと教えないためにも二つほど屋敷をまたいでから、甲賀者は辻《つじ》へ出た。

すでに身形《みなり》は忍装束から、その辺の武家に仕えている若党風になっていた。

「あれか」

のんびりと歩いている一夜の姿を甲賀者は見つけ、その背中を追った。

「うん……」

甲賀者が出てきたことに、警戒していた伊賀者はすぐに気づいた。

「露骨なまねを」

伊賀者が首をかしげた。

「我らのことを知っているはずだが……」

忍の戦いは虚実である。そこにあると思わせて、別のところからとか、気づいていながら、気づいてない振りをする。見えているものが真実とは限らないのだ。

「排除せよとは言われておらぬしの」

柳生宗矩の指図がなければ、勝手な行動は慎まなければならなかった。

「後を尾けているのはまちがいないだろうが」

いつでも甲賀者を背後から襲える心構えをしながら、伊賀者が続いた。

そんな連中が後ろから見ているなどと思いもせず、一夜は荒物屋へと足を踏み入れた。

「まだ火鉢はいらんけど、湯沸かしにも使えるか」

店の前に並べられている鍋、釜などを見ながら、一夜がどれを買うかを考えた。

「なにが御入り用で」

商品を見ている一夜に、店から奉公人が出てきた。

「新たにこちらで住むことになってなあ。要りようなもんを買いにきたんや」

「さようでございますか。となりますと、台所の竈《かまど》の大きさで変わって参りますが」

「竈は大きかったなあ。これくらいの穴が空いてたわ」

一夜が出しなに見てきた台所を思い出しながら、手で輪を作った。

「それはかなり大きゅうございますな。これくらいでしょうか」

奉公人が、一夜をお釜の前に連れていった。

「大きいなあ。一人暮らしにはいらんで」

「一人でお住まいになるなら、お釜は使えませんなあ。米は鍋で炊いていただくことになります」

手を振って一夜が断ると、奉公人が困惑した。

「鍋で炊くのでええわ。どうせ、忙しゅうてそうそう米も炊いてられへんしなあ。一回炊いたら三日は……」

「夏は三日保《も》ちませんよ」

無精をしようとした一夜に奉公人が苦笑した。

「そうかいな。それはあかんな。ほな、米五合くらい炊くのにええ奴《やつ》を二つおくれ」

「はい」

番頭が手頃な鍋を二つ出した。

「これいくらや」

「一つ二百六十文で」

「高いな。ちょっと負けてえな」

「えっ……」

奉公人が唖然となった。

武家は見栄《みえ》を張る。まず値切ることはしない。言い値で買うのが江戸での商いであった。

「他にも買うから、どうやろう二百三十文で」

「ちょ、ちょっとお待ちを」

奉公人が困惑した。

「まとめて買えば、儲《もう》けはでるはずや」

「あ、主《あるじ》に訊いて参りますので、しばし、お待ちくださいませ」

あわてて奉公人が、店の中へと消えた。

「あかんなあ。奉公人の差配で値引きくらいできるようにしとかんと。こうやって客を放置してたら、帰ってまうがな」

「たしかにさようでございますな。失礼をいたしました。当家の主金屋儀平《かなやぎへい》でございまする」

一夜の嘆きに老年の商店主が謝罪した。

「淡海一夜や。上方から出てきたところでな」

「上方からお見えでしたか。さすがは商いにうるさいところのお方は厳しい」

名乗りを受けた金屋儀平が苦笑した。

「お長屋でお使いのものをお買い求めに」

「そうや」

「お一人で」

「今はな。近いうちに飯炊き、掃除、洗濯をしてくれる通いの女中か小者《こもの》を雇う気ではおるからなあ。そのぶんも作れるくらいがありがたい」

　確認した金屋儀平に、一夜が告げた。

「でしたら、これとこれと……」

　金屋儀平がいろいろなものを並べた。

「とりあえずは、このていどでよろしいかと」

「火鉢は要らんか」

　そのなかに火鉢はなかった。

「少し早いかと思いまする。今、店に並べているのは昨年に作られたものでございまして、傷もなにもございませんし、値段も安くさせていただいておりますが、今年のぶんが出だすと……」

「もっと値引くと」

「はい」

「ええんか、そんなこと言うてしもうて」

「上方の方に、隠しごとは通じません。後日、値段が下がったのを知られたら、おもしろくはございませんでしょう」

「まあ、商機を逃したとは思うわな」

一夜が首肯した。

「そうなられては、当家はお客さまを一人、いえ、何人も失いまする」

「さすがやなあ」

金屋儀平の答えに一夜は感心した。

「一人の客ならどうでもなるけど、その客はいろいろなところで話をする。あの店はあくどいという話を三人にされたら、三日で十人をこえる人が悪い評判を耳にいれることになる」

「お若いのに、なかなか商売に通じておられますする」

金屋儀平も感心した。

「商人の出やさかいな」

「…………」

笑った一夜に、金屋儀平の目が光った。

「いずれは戻られるおつもりと見ましたが」

「かなんなあ。熟達の商売人は、簡単に人を見抜く」

一夜がため息を吐いた。

「商人出とか、職人出とか、もとは武士でないお人ほど、武家に見せようと威張られますし、決して出自を悟られぬよう商人の色を隠されますので」

「武士の皮を被ったところで、根は違うのになあ」

「ですので、商人出を平然と見せられるあなたさまは、生涯武家でおられるおつもりはないと判断いたしました」

「これはあかんなあ。気をつけな、なにかと邪魔くさいことになりそうや。ええ勉強をさせてもらいました。これすべていただきますわ。お値段もそのままで結構で」

「よろしいのでございますか」

「その代わり、長屋まで届けてもらえますか。それと古着屋でええところを紹介しておくれやす」

尋ねた金屋儀平に、一夜が敬意をもって頼んだ。

五

買いものを終えたころには、日はかなり陰っていた。

「うわあ、しくじったなあ。米も味噌《みそ》も買《こ》うてないわ」

道具はあってでも食材がなくては、なにも食べられなかった。

「一門になるのを断ったからなあ。台所へご飯もらいにいくのもみっともないし……なんぞないかいな」

一夜は周囲を見回した。

「大坂やったら、煮売りの屋台ぐらい出てるんやけどなあ」

今でも戦からの復興を続けている大坂の町は、毎日槌音《つちおと》が絶えない。大工や左官はもちろん、普請場の下働きをする人足も溢《あふ》れている。

おかげで、そういった連中が仕事を終えて手にした小銭をあてにした屋台がいくつも出ていた。

山盛りの雑穀飯に味噌汁、なにかの菜を塩で煮染めた肴《さかな》、水増しした薄い酒しかないような屋台だが、一日働いて空腹の者にとってはありがたい。

なにせ人足は、そのほとんどが喰《く》いつめた牢人《ろうにん》、流れてきた無宿人で、まともに寝床のある者などまずいない。飲み食いした後は、その辺の軒下、橋桁の陰で寝転がり、明日まで過ごすのだ。

「江戸も普請は多そうやけどな」

品川から愛宕下に来るまでに、一夜はあちこちで普請がおこなわれているのを見ていた。

「しかし、この辺にはないなあ。煮売り屋やったら儲かるやろうに」

一夜はため息を吐いた。

「しゃあない。今夜は早寝してまおう」

門限破りは罪が重い。

武士より商人のほうが多い大坂でも、こればかりは同じであった。

「少しでも足を引っ張られる理由を作るわけにはいかんな」

腹をさすりながら、一夜は柳生屋敷へ帰った。

「通りますで」

「お帰りか」

出ていったときと同じ門番の素我部が立っていた。

「ああ、金屋の者が荷を届けに参ったゆえ、長屋まで通しておきましたぞ」

「おおきに」

疲れていたが、一夜はしっかりと足を止めて頭を下げた。

「……いや、門番としての役目じゃ」

一瞬素我部が戸惑った。

「ほな……ああ。一つ訊いてええか」

歩き出した一夜が、思い出した。

「なにかの」

「このへんになんぞ食いものを出す屋台は」

素我部に促された一夜が問うた。

「屋台……かなり遠くまで行かねばならぬぞ」

「遠いかあ」

一夜がため息を吐いた。

「どうなさった」

「米と味噌を買い忘れたんや」

訊かれた一夜が、肩を落とした。

「……ああ。江戸詰めになった者がよくやることだ」

素我部が笑った。

「冷や飯でよければ、届けるぞ」

「ほんまか。助かる」

「当番がすんでからになる。一刻《いっとき》（約二時間）ほど後になるが」

喰い付きそうな一夜から、素我部が少し間を空けながら言った。

「待つ。待つよってに頼むわ」

　一夜が素我部を拝んだ。

「わかったから、離れろ。男に近づかれてもうれしくないわ」

　素我部が手を振った。

「待ってるわ」

　一夜が足取りも軽く長屋へと向かった。

「……どうした」

　勝手門の陰から一夜の後を尾けていた伊賀者が湧いた。

「いや、どんな男か知るには、飯を喰うのがもっとも早かろう」

「たしかにそうだな。一度の飯で後々の繋がりができるかと思えば、安いものか」

　伊賀者が納得した。

「そっちはどうであった」

　侵入されないように気を張っていた素我部は、甲賀者がいたかどうかさえわからなかった。

「いた。ずっとあやつの後を尾けていた」

「みょうな気配は」

「なかったな。たんに動向を見張っていただけのようであった」

刺客に変化はしなかったかと尋ねた素我部に、伊賀者が首を横に振った。

「必死で聞き耳を立てていた。あれは、厳しく調べを言いつけられているのだろう。一人ではなにもできぬ甲賀者には」

伊賀者が笑った。

「油断するなよ。こっちは戦えぬどころか、己の身も守れぬのだからな。手裏剣一つで……」

「わかっているとも。さあ、もういいからそろそろ切り上げて行ってやれ。ひもじい思いをしておろうぞ」

素我部の警告を伊賀者が流した。

「狭山《さやま》……まあいい」

言いかけて素我部が止めた。

長屋に帰った一夜は、荷ほどきがされていることに驚いていた。

「誰や……」

ふと夜着代わりに買った古着の上に紙があることに気づいた。

「……金屋はんかいな」

古着も金屋へ送ってもらい、そこから配送してもらっている。考えれば思いつくべきことであった。

「この気遣いやな。江戸なんぞ見るもんないわと思ってなかったといえば嘘《うそ》になるけど、早速やられたなあ。商いの基本は江戸も大坂も変わらんちゅうことか」

一夜が感嘆した。

「……飯が届くまでの間に、台所の水を替えとかな」

幸い、一夜の長屋には井戸があった。

「……まずいなあ。水は大坂に限る。淡海《おうみ》の水に比べたら……」

井戸から汲《く》んだ水を口にした一夜がため息を吐いた。

「おるか」

台所口から声がした。

「素我部はんか。早かったな。上がってんか」

一夜が汲んだ水を甕《かめ》へ移しながら応じた。

「すまんな。白米ではないぞ」

「いや、味噌汁まで付けてもろうたんや。ありがたい」

素我部と二人で一夜は、雑穀の冷や飯と冷えた味噌汁を食していた。

「大坂から来たのだろう。あっちではもっといいものを喰っていただろうに」

「将軍さまのご側室とこっちを好いてくれる女、どっちに手出す」

喰いながら一夜が妙な喩《たと》えを口にした。

「なるほど。手の届かんものより、近くにあるものがいい……ということか」

素我部が理解した。

「ごちそうさまでした」

食べ終わった一夜が、膳に手を合わせた。

「馳走《ちそう》になりました。かたじけのうございます」

「なんだ、気味が悪い」

言葉遣いを変えた一夜に素我部が驚いた。

「いやあ、おまはんも知ってるんやろ。わたいが殿さまの……」

「……知ってる」

苦そうな顔で素我部が認めた。

「普段はまあ、こんなんやけどな。ちゃんと義理をわきまえてると知ってもらわんと爺《じい》はんに申しわけがたたへん。商人の家に育ったから、出来が悪いなんぞ言われたら、わたいは大坂へ帰られへん」

　真剣な表情で一夜が述べた。

「そうか。たしかに受け取った」

　素我部も背筋を伸ばした。

「では、これで」

　素我部が席を立った。

「……いやあ、うまかった」

　使った食器を洗うため台所に立ちながら、一夜はうれしそうに呟いた。

「雑穀飯とはいえ、ていねいに下処理している。粟《あわ》や稗《ひえ》の皮もしっかり弾《はじ》いているし、素我部はんのご新造はんはできたお人や」

「独り者じゃ」

「うわっ」

　いきなり背中から声をかけられた一夜が跳びあがった。

「……なんや、素我部はんかいな。驚かさんとってえなあ。寿命が三日は縮んだわ」

　振り向いた一夜が文句を言った。

「入り口で声をかけたが、応答がなかったのでな」

素我部が詫びた。

「ほれ、明日の朝の分もないのだろう。朝は夜明けから当番ゆえ、持って来てやれぬのでな」

「米と味噌やあ。ありがとうなあ」

素我部が差し出した鉢の中身に一夜が狂喜した。

「飯炊きくらいはできるやろうな」

「したことあると思うか。一応、大坂一の唐物問屋の跡取りやで」

問われた一夜が胸を張った。

「自慢するな」

あきれながら、素我部が鍋に米を入れ、研ぎ始めた。

「本来であれば、米を炊いて味噌汁を作るのだが、できないなら……」

研ぎ終えた米に水を注ぎ、上に味噌を載せた。

「明日起きたら、これを火に掛けろ。じっくりと火を少なめにして半刻《はんとき》（約一時間）ほどかければ、喰える」

「覚えた。明日は米と味噌を買うてくる」

「そうしてくれ。毎日合力するだけの余裕はない」

感激した一夜に、素我部が苦笑した。

与えられた足軽長屋へ戻った素我部が、月明かりを頼りに書面を認《したた》めた。

「なにをしている」

そこへ門番を宿直《とのい》番と交代した伊賀者の狭山が戻ってきた。

「……妹を、佐夜《さよ》どのを呼ぶつもりか」

狭山が内容を読んで目を剝《む》いた。

「伊賀の女を用意しろと松木さまの命じゃ。問題なかろう」

淡々と素我部が答えた。

「しかし、佐夜どのは女忍きっての腕利きぞ。どこかの大名の側室に宛《あて》がってしかるべきであろう」

伊賀者は惣目付だった柳生宗矩の指図に従い、女忍を大名やその重臣の側に送りこんできた。そして、その女忍がもたらしたことで、大名たちを粛清してきたのだ。

「もう、柳生は惣目付ではない」

驚愕している狭山に、素我部が告げた。

「それより、あの男に付けておくべきだ」

「そこまでか……柔弱なやつとしか思えぬぞ」

狭山が首をかしげた。

「勘が囁《ささや》くのだ。あの男を柳生から離してはならないとな」

祖父を誇り大坂へ帰ると言った一夜を、素我部は見逃してはいなかった。

第五章　天守再建

一

甲賀《こうか》者から知らされた一夜《かずや》の行動を秋山修理亮《あきやましゅりのすけ》は利用することにした。

「余は百人番所で待つ。あの者が柳生《やぎゅう》屋敷を出たならば、余に知らせよ」

秋山修理亮は、なにかと面倒な城中ではなく、出入りしやすい大手門脇の甲賀組与《よ》力《りき》百人番所へ詰めると言い出した。

「とても惣目付《そうめつけ》さまにご滞在いただける場所でございませぬ」

甲賀組与力組頭の望月土佐《もちづきとさ》が顔色を変えた。

「かまわぬ」

秋山修理亮が手を左右に振った。

「ですが……」

そちらがよくてもこちらが困る。望月土佐が困惑した。

百人番所は、大きな番所という意味でそう呼ばれているだけで、実際のところは三十人も入れば、うっとうしくなる。

さらに番所は隙間の多い板張りでしかなく、敷物の一枚も敷かれてはいない。

なにより土間と板の間だけの造りなのだ。

秋山修理亮に来られては、甲賀与力は板の間を明け渡さなければならず、当番全員が土間に立つしかなくなる。

それだけならばまだいい。

じっと役目を果たしている姿をずっと見つめられることになる。気を緩めるなど論外、ずっと緊張をしつづけなければならない。

忍《しのび》はたしかに他人より精神の修練を積んでいた。これくらい耐えられなくてどうすると言われればそうなのだが、もともと百人番所詰めは緊張する役目である。

江戸城の大手三の門の枡形《ますがた》を抜けてすぐのところに百人番所はあり、甲賀者はここに詰めて、登下城する大名、役人を見張る。

さすがに徳川《とくがわ》の本城を攻める者などいないが、それでも油断はできなかった。

とくに諸大名が将軍家へ挨拶するための月次登城ともなれば、数百の大名が列をなす。そのなかに仲の悪い者がいれば、刃傷《にんじょう》が始まりかねない。

まずないとは思うが、そういったときに争いを鎮圧するのも甲賀与力の役目であった。

「万一のことがございましては……」

「余が出れば、大名どもは畏れ入ろう」

秋山修理亮の身を気遣うという形をとりながら、遠回しに望月土佐が秋山修理亮の同席を拒もうとしたが、無駄であった。

「大名どもならば、余の顔を見ただけで萎縮するはずじゃ」

役に立つぞと秋山修理亮が胸を張った。

「……では、百人番所でお待ち申しあげておりまする」

「うむ」

折れた望月土佐を秋山修理亮が見送った。

「…………」

百人番所へ戻った望月土佐は、険しい顔であった。

「お頭」

「いい迷惑じゃ」

怪訝《けげん》な顔をした配下に、望月土佐が吐き捨てた。

「なにがござった」

配下が問うた。

「……惣目付さまがお見えになる」

「検閲でございましょうや」

さすがに惣目付が来ることはないが、書院番あたりが甲賀与力をけなして気晴らしをするために、見廻《みまわ》りと称して百人番所へ来ることはある。

「いいや、臨時の控えとしてここをお使いになられる。さきほど……」

「…………」

説明を受けた甲賀者が黙った。

「明日からことを果たされるまで毎日お出《い》でになる」

「…………」

「早速掃除をいたせ。床板にささくれなどないよう、ていねいに磨け」

望月土佐が不満そうな配下に命じた。

会津《あいづ》藩加藤式部少輔明成《かとうしきぶしょうゆうあきなり》は、月次登城を終えて帰路に就こうとしたところで、老中の城中巡回と出会った。

「ご執政堀田加賀守《しっせいほったかがのかみ》さま、お通りでございまする。お控えなされませ」

先触れのお城坊主が大声で道を譲れと叫んでいた。

「……………」

父から会津四十万石の太守の座を譲られた加藤明成も急いで廊下の片隅により、頭《こうべ》を垂れた。

「なにごともなきかの」

「上申ある者は遠慮いたすな」

控えている者たちに声をかけながら、堀田正盛《まさもり》がゆっくりと歩んできた。

老中巡回は、当番老中が昼餉《ひるげ》の後に決められた順路で城中を巡り、日頃の不満を抱えている者、身分が低すぎて政務への上申ができぬ者などの声を拾い上げるためにおこなわれていた。

「そこにおるのは、式部少輔ではないか」

堀田正盛が加藤明成に気付いた。

老中は御三家、越前松平《えちぜんまつだいら》家を除いて加賀前田《かがまえだ》家、薩摩島津《さつましまづ》家、仙台伊達《せんだいだて》家といえども呼び捨てにすることが許されていた。

「加賀守さまにはご機嫌うるわしく、式部少輔お喜びを申しあげまする」

加藤明成が垂れていた頭をより深く下げた。

「そなたも健勝そうでなによりじゃ。そういえば、国元で城を修復しておると聞いたが、どうなっておる」

挨拶に応じてから、堀田正盛が訊《き》いた。

「御上《おかみ》のご威光をもちまして、もうまもなく完成いたしまする」

家光《いえみつ》を持ちあげておけば、堀田正盛の怒りを買うことはない。

「もっともであるの」

満足そうに堀田正盛がうなずいた。

天下を獲《と》った徳川家は、諸大名にいろいろな枷《かせ》をはめた。

その一つが城にかんするものであった。

幕府は城の数を制限するだけでなく、新規築城は原則禁止した。さらに城の修理にも許可が要るとした。

そもそも城の破損など、戦がなければ、地震、火事、雷などの天災になる。人智《じんち》をこえた力で壊された城は、できるだけ早く修復しないとよりひどくなる。

だが、幕府は許しなく城を修復することを厳しく咎《とが》めた。

かつて豊臣《とよとみ》恩顧の大名でありながら、関《せき》ヶ原《はら》の合戦で家康《いえやす》に与《くみ》したおかげで安芸《あき》・備後《びんご》二国を褒賞としてもらった福島正則《ふくしままさのり》が城の無断修復を咎められて改易されている。

福島正則は水害でやられた石垣の修復を幕府へ届け出たが、許しを待っていては石垣がそのまま崩壊、上にある櫓《やぐら》ごと潰れてしまうと判断、一部の修復をおこなったのだ。

福島正則、加藤清正《きよまさ》ら豊臣恩顧の大大名を排除したかった幕府の策にはまった形ではあるが、効果は抜群であった。

なにせ会津若松《わかまつ》城が破損したのは、慶長十六年（一六一一）の大地震によるものだったからだ。

当時会津の城主は蒲生忠郷《がもうただあさと》であった。地震の被害は当然城下にも及び、先にそちらの復興を優先したのもあり、城は放置に近い状態であった。また、運の悪いことに蒲生忠郷が病に伏したこともあり、城の重要な部分の修理はおこなわれたが、天守閣までは手が回らなかった。そして寛永四年（一六二七）、蒲生忠郷が病死、嗣子《しし》がなかったことで、名跡は弟に許されたが、会津から伊予松山《いよまつやま》へ転封された。

その後に入ったのが加藤家であった。賤《しず》ヶ岳《たけ》七本槍《やり》の一人加藤嘉明《よしあき》は関ヶ原で家康につき、伊予松山に二十万石と加封されていたが、四十三万五千五百石に加増の上移された。

言うまでもないが、会津若松城は加藤嘉明が会津に着いたときは、まだ傷んだままであった。

「金がない」

加藤嘉明は伊予松山に城を築いたり、水防治水に力を注いだりで内証は火の車であった。倍以上の加増を受けたとはいえ、四国の松山から、奥州《おうしゅう》会津と離れたところへの転封の費用も大きく、とても城の修復に手出しできる余裕はなかった。

「とりあえずはこのままでいくしかないか」

幸い、蒲生家の修理で政庁として使う分には問題がない。

転封というのは金よりも、手がかかる。なじんでいない領民、よくわからない領地と藩士はもちろん、藩主も内政に忙殺される。

それが原因になったかどうか、寛永八年（一六三一）晩秋、加藤嘉明は病に倒れ、そのまま帰らぬ人となった。

「葬儀と襲封をせねばならぬ」

跡を継いだ加藤明成は、まず儀式をすまさなければ藩主として世間に顔向けができない。

四十万石もの大大名の葬儀、襲封となれば、規模も大きい。幕府の要路者を招いての宴席、将軍家への襲封御礼《おれい》の献上、親戚筋の大名へ顔見せの引き出物、そしてなにより襲封にかかわる書付を手早く処理してもらうために小役人へ渡す心付けがかかった。

大名によっては、襲封した年の年貢すべてではまかないきれないほどの金額になる。とても泰平の世に用途のない天守閣の再建に回す余裕はない。

こうして天守閣は二十年も放置され続けた。

だが、建物は放置すれば傷む。

使えなくなるくらいならばまだしも、次に地震とまでいわないが、大風、大雨で崩れないとの保証はなかった。

言うまでもないが、崩れそうだから天守閣を潰すにしても幕府へ届け出て許可をもらわなければ、手が付けられなかった。

「天守閣は要る」

藩主となった加藤明成が強弁した。

「二十万石であった松山にはあったのだ。石高が倍以上になりながら、天守閣がないというのは、加藤家の面目にもかかわる」

「ですが、この泰平の世に天守閣は無用の長物。造るだけの費えを領内の産業などに割り振るべきと考えまする」

家老堀主水《ほりもんど》を中心にした宿老たちが反対した。

石高は増えたが会津は雪が深く、瀬戸内海に面した四国の温暖な伊予とは、表高は違えども実高ではさほどの差はない。石高が増えたことで、藩士の数を倍近くに増やさなければならないという軍役もあり、加藤家の財政にそれだけの余裕はなかった。

「なんのために当家が会津に移されたと思っておるのだ。御上は、我ら加藤家に上杉《うえすぎ》、伊達、南部《なんぶ》らの抑えを期待してくださってのことぞ」

加藤明成が宿老たちを見回した。

かつて加藤家は三河《みかわ》の出で、徳川家康に仕えていた。それが三河の一向一揆《いっこういっき》で加藤家が徳川家を退身、一向一揆側に付いたことで主従関係はなくなった。

牢人《ろうにん》となった加藤家は豊臣秀吉《ひでよし》がまだ木下藤吉郎《きのしたとうきちろう》と名乗っていたころに拾われ、主君の出世に合わせて立身してきた。

しかし、関ヶ原で豊臣家と決別、徳川家へ付いた。

この関係で、加藤家は外様《とざま》ながら、譜代に近い扱いを受けていた。

「でなくば、これほどの大領をここ会津に与えられることはなかった」

加藤明成が断言した。

奥羽《おうう》は関ヶ原の合戦の影響がさほどなかったため、戦国期以来の変動が少なかった。唯一の例外は上杉家だと言えるがそれでも三十万石で米沢《よねざわ》と、地縁は断たれていない。

他は言うまでもなかった。六十二万石の仙台伊達家を筆頭に、南部、津軽《つがる》、そして水戸《みと》から秋田《あきた》へ移された佐竹《さたけ》など、数万の軍勢を易々《やすやす》と動かせる外様大名がひしめいている。

会津は必ずしもそれらの軍勢が江戸へ向かう経路にあるわけではないが、越後《えちご》を通ろうが、常陸《ひたち》を通ろうが、その横腹を突ける重要な位置になる。

「その会津に天守閣がないとなれば、侮られよう」

「……それは」

加藤明成の論にも一理はあった。

堀主水ら宿老は反論しにくくなった。なにせ、幕府の命を持ち出されたのだ。無視することはできなかった。

「御意志は重々承知いたしました。なれど、金がございませぬ」

天守閣を建てるとなれば、数万両の金が出て行く。

「できるだけ費用は抑える」

さすがにそれ以上のわがままは言えなかった。

まだ戦国最後の合戦から二十年ほどしか経《た》っていないのだ。主従の関係もまだ確立はしていない。

「恃《たの》むに足らず」

「より買ってくださるお方のもとへ」

戦場での功名をあげた者、内政で領国を豊かにした者は、どこの大名からも引く手あまたである。

加藤明成が主君は吾《われ》だと強弁すれば、堀主水らが反発することはありえる。

なにせ堀主水は、本姓多賀井《たがい》であったものを、大坂の陣で敵将と取っ組みあった末、堀に落ちて怪我《けが》をしながらも相手の首を獲ったという武名をもって、加藤嘉明から堀という苗字《みようじ》をもらった豪の者である。さらに加藤家が松山にあったころは、城造り、治水と内政でも活躍している。

加藤家を退身したところで、すぐに次の仕官先が見つかる。

対して、加藤明成は父親が大事にしてきた功臣に去られた暗愚な主君として、世間の嘲笑を受けることになる。

「五層でよい。あと使えるところは使う」

加藤明成が引いた。

もとの会津若松城は七層の立派な天守閣を持っていた。それを加藤明成は再利用、縮小することで、建造費用を抑えるとしたのだ。

「なれば」

堀主水たちも主君の要求を受け入れ、幕府へ会津若松城修復の願いをあげた。

「苦しからず」

より立派なものへ拡張するとなれば幕府も規制をかけるが、もとより小さなものとなれば認めるにやぶさかではない。

こうして会津若松城天守閣は修復に向けて動き出した。

とはいえ、一年や二年でできるものではなかった。前の天守閣とは大きさが違ううえ、放置されていた期間が長い。土台となる石垣から手入れしていかなければならない。

加藤家の財政に余裕がないというのも大きな原因ではあるが、普請というのは当初の予定より金も手間も増えるものなのだ。

だが、その天守閣の完成も目の前に来ていた。

「会津は、奥州と羽州を抑える要である。本来ならば認められぬ天守閣の修築をお認めくださった上様のご高恩をあだやおろそかにするではないぞ」

「お任せをくださいませ。加藤家がある限り、会津は盤石でございまする」

言われた加藤明成が胸を張った。

「よきかな。そなたのような忠臣が要路に配されるのは当然であった。これからも心いたせ」

「はっ」

老中に褒められた加藤明成が興奮で顔を紅《あか》くした。

「下がってよい」

話は終わりだと、堀田正盛が手を振った。

「御免を」

誇らしげに加藤明成が去っていく。

「城ができたか。上様の弟君にふさわしい城が。ならば、そろそろよろしかろう」

加藤明成の背中を見ながら、堀田正盛が唇をゆがめた。

「……言わずとも気づくだろう、柳生但馬守《たじまのかみ》は。余が加藤式部少輔に声をかけたことの意味を」

堀田正盛がちらと床下に目をやった。

二

柳生宗矩《むねのり》は、一夜へ甲賀者が手出しをしてくるだろうとの予想をしていた。

「そなたの妹が、江戸へ着くのはいつ頃になりそうだ」

「使いの鳥を出しましたが、あと早くとも五日はかかるかと」

伊賀《いが》者は犬や鳥などの動物を使役する。犬は潜んでいる敵のあぶり出しに優れ、鳥は遠隔地への連絡を円滑におこなう。

「五日か。いたしかたあるまい」

柳生宗矩が認めた。

「甲賀者の動きはどうだ」

「ここ数日、淡海《おうみ》どのが外出なされておられませんので、ずっと見張っているだけでございまする」

「屋敷のなかへ入ろうとはせぬか」

「させませぬ」

素我部《すがべ》が首を横に振った。

一夜は柳生屋敷に来て以来、外出できないでいた。

「米と味噌《みそ》を買わないと」

「出入りの者が持ってくる」

素我部に夕食を馳走《ちそう》になった翌朝、買いものにでようとした一夜が止められた。

「勘定について、訊きたいことがある」

一夜は用人松木《ようにんまつき》によって御用部屋へ連れこまれ、日が暮れるまでしっかり拘束された。

「門弟たちから、毎月決まっただけの束脩《そくしゅう》を取るというのか。当家は天下の柳生新陰《しんかげ》流《りゅう》ぞ。その柳生新陰流が、剣術を商いのように扱うなど」

「道場の損耗はどないしますねん」

「損耗……それくらいは」

「話にならへんわ」

矜持《きょうじ》を口にする松木に、一夜があきれた。

「他人に剣術を教えるたびに、損が貯《た》まっていくなんぞ、商人は絶対しまへん。今は金にならんでも、五年先には大きな儲《もう》けに繋《つな》がるとでもいうねんやったら、まだしもですけど」

「微々たるものではないか。道場の損耗といったところで、木刀ていどなら……」

ため息を吐《つ》く一夜に松木が手を振った。

「なに言うてはりますん。国元の道場をご覧になったことは」

「ない」

松木が首を横に振った。

「現場も見んと、よう断言しはりますなあ」

一夜があきれた。

「…………」

「道場にどれだけの人が出入りしているか。百をこえてますねんで」

「それくらいならばどうというほどの数ではなかろう。こちらの江戸道場は門弟の数《かず》数千だぞ」

松木が自慢げに数字を誇った。

「当然、束脩は無料ですねんな」

「束脩など受け取っておらぬ」

「受け取っておらぬ……」

しっかり一夜が聞き咎めた。

「束脩以外は」

「損耗料はもらっておる」

一夜に問い詰められた松木が目をそらした。

損耗料とは、その名の通り使えば減るか、傷むかするものの修理あるいは買い換えの費用のことを指す。

「それと束脩はどう違いますねん」

「たわけたことを申すな。束脩は指導に対する礼である。将軍家剣術指南役としては受け取れぬ」

「おもしろいことを言いはる。ほな、柳生家は禄《ろく》ももらわれへんことになりますで」

柳生家の家禄のうちいくらかは将軍家剣術指南役としてのものだ。

「…………」

一夜に言いこめられた松木が黙った。

「剣術も特産と同じ。それを求めて人が来る。それを利用せん手はおまへんで」

「しかし、剣術は武士の表芸ぞ。それを金にするなど……」

まだ松木が戸惑っていた。

「それを言い出したら、武士の生業がたちまへんで。手柄を立てて武を見せ、禄をもらうのが武士ですやろ。つまり、武は手柄を得るための道具。百姓でいうところの鎌や鍬《くわ》と一緒」

「な、なんという」

こじつけに近い一夜の言い分に松木が顔色を変えた。

「武士は金のために戦うのではない。主君の命によって……」

「本気でそう思うてはりますか」

声を震わせて言う松木に、一夜が問うた。

「ほな、松木はんは禄要りまへんな」

「な、なにをいう。禄なしでどうやって生きていけと」

「生きていくだけならば、一人扶持《ぶち》でたりますやろ」

一人扶持は一日玄米五合の現物支給であり、衣服などには手が回らないが、住むところさえあれば、生きていける。

「吾《わ》が手柄をなんだと……」

「手柄を立てて禄をもらう。それが武士ですやろ。ご恩と奉公、禄をもらえるから仕えている。禄は米ですけどな、米は金と一緒ですわ。すなわち、武士も金のために働くものということ」

「極論すぎる」

まちがえてはいない一夜の言葉に、松木はそう言うしかできなかった。

「たしかにわたいの言うのは、後先を考えてまへんが、大筋で合ってるはずです。武士も金がなければ生きていけないのは確かですし」

ため息を吐きながら、一夜が続けた。

「言葉をいじくってごまかすのは止《や》めまひょ。そんな暇は柳生にはおまへん。できるだけ早く大名としての有り様を確立せんとあきまへん。これはまちがってませんな」

「……ああ」

松木も認めるしかなかった。

「そこで最初のところに話は戻ります。短い間でしたけど、領内を見て回りましてん。はっきり申しあげて新田開発は諦めてもらうしかおまへんな」

「新田開発はだめか」

一夜の断言に松木が愕然《がくぜん》とした。

大名や旗本にとって、新田開発による増収、高直しは名誉になる。

「このたび領内の田畑を開墾し、二千石の新田を得ましてございまする」

新田開発は届けないと隠し田になり、罪を問われる。新田を生み出し石高が増えると軍役が変わってくる。それを整える義務が大名や旗本にはあるからだ。

といったところで、新田開発をした途端に届け出ずともよかった。幕府も新田開発には費用がかさむと知っているので、五年くらいは見逃してくれる。

ただし、それを甘いと誤って取ると、幕府が牙を剝《む》く。

「まったく新田開発がでけへんというわけではないですやろ。頑張れば四百石、いや五百石くらいはどうにかなると思います」

「五百か……」

そのていどでは焼け石に水であった。

「それに新田は山を切り開き、根を取り、水を持ってきて、土を作り、動物や地滑りに遭わないよう柵を設けなければなりません。どんなに頑張っても三年は出費だけ」

「……………」

松木が苦い顔をした。

「それより、獣を狩って売るとか、竹林を整理して、竹や竹の子を売りに出した方が、効果は早い。まあ、微々たるもんですけど」

「おぬしの書いた帳面を読んだ。なかに椿《つばき》の油を取るというのがあった」

「はい」

「椿は実がなるまでかなりかかるだろう」

「十年ではききまへんやろうなあ」

「それでは間に合わぬ」

松木がため息を吐いた。

「これは新田と一緒で先々のためですわ。その場しのぎも大事ですけどな、そればっかりやってるといつまで経っても、借金はせんでいけても蓄財はできまへん」

「では、新田開発もするのだな」

「もちろんで。新田開発はええ隠れ蓑《みの》になってくれますし」

「隠れ蓑……」

少し唇をゆがめた一夜に、松木が首をかしげた。

「柳生が裕福になったら、なにをしたんだと気になるお方が出てきますやろ。そのときに新田を開きましたといえば、そこで話は終わります。それ以上腹を探られんですみますし、他のことを知られてまねされんで終わりますやろ」

「むうう」

「商いというのは虚々実々。だましだまされてなんぼのもんです。商いの舞台では、だまされる奴《やつ》が悪い。ああ、もちろんだました奴も悪いでっせ。商いは信用第一。商売相手をだますような奴は、次から相手にされまへん。商売は一人で絶対にできまへんよってな、見限られたら終わり」

商いは大きく分けて仕入れと販売になる。もし、他人をだまして不当な利益をむさぼったとばれれば、まず仕入れが止まる。商品を納めたのに支払いがされなかったり、値切られたりしてはたまったものではない。なかには製造直売という店もあるが、これでも商品のもととなる材料や加工するための道具、炭や薪《まき》などの消耗品はどこかから買わなければならない。

そして販売である。客相手に商品を売るのはいい。ものが小さければ、一対一で商いは終わる。しかし、一人二人で運べないものとなれば、運ぶ者がいる。当然、取引先や客をだますような店と付き合う船頭や荷運びはいない。なにより、給金をまともに払ってくれるかどうかさえ不安な店で働く奉公人などいるはずもなく、とても商いは続けていけなくなる。

「まあ、それでもだまされた奴は同情されまへん。暴力で店を潰されたとかいうのには、皆手助けをしますけどな。怪しい話に食いついたということは、商人に向いてないということ。さっさとあきらめさせたほうが、本人を含めた周囲のため」

「厳しいな」

「武家と一緒ですわ。生きていくことは戦いでっさかい」

なんともいえない顔をした松木に、一夜が述べた。

「まあ、こんなところですわ」

一応、藩財政の増収案を一夜は口にした。

「ご苦労であった」

松木が一夜をねぎらった。

「ところで、ご用人はん」

「なんだ」

用件を終えてから、一夜が松木に話しかけた。

「ご用人はんは、国元をご存じで」

「もちろんだ。柳生の生まれではないが、大和《やまと》の出じゃでな。殿が江戸へ出て来いとお呼びくださるまで、国元で代官をしておった」

問うた一夜に、松木が答えた。

「ちょうどええ」

「なにがだ」

喜んだ一夜に松木が不安そうな顔をした。

「ご用人はんは、上方の米と江戸の米、どっちがうまいと思わはります」

「なんだ、そんなことか」

松木が安堵《あんど》した。数度の遣《や》り取りで、松木は一夜が一筋縄ではいかないことを身に染みて知っていた。

「うまいかと訊かれると国元の米だな。やはり、生まれたときから喰《く》っているから慣れているというのもあろう」

「国元の米が喰えるとしたら、江戸の米よりどれくらい高くても買いますか」

「高ければ買わぬぞ」

一言で松木が断じた。

「あきまへんか」

「米は腹をくちくするためのものだ。味がどうこうというものではない」

ため息を吐いた一夜に、松木が首を横に振った。

「江戸の金持ちはどないですやろう」

「商人のことなど知らぬ」

重ねて尋ねた一夜へ、松木がまたも首を左右に振った。

「ここに国元の米はおまへんか」

「あるぞ。ご一門さまに国元での出来具合を見ていただくために、国元から少し送らせておる分がの」

「どこにっ」

「米蔵じゃ」

「ごめんやす」

「待て、待て」

急いで勘定部屋を出ていこうとした一夜を、松木が止めた。

「国元の米はご一門用だと申したであろう。使うならば殿のお許しを得てからじゃ」

「ほんの五合でよろしいねんけど」

「ならぬ。商家で品物を少しだからといって、奉公人が持ち出すか」

「……たしかに。いや、興奮するとあかんなあ」

たしなめられた一夜が座りなおした。

「見本が欲しかったのか」

「売りこみをかけるには、目に見えるものが要ります。なにせ、柳生家は初見ですやろ。出入り商人はいても、御用商人はいてへん。これから大名としてやっていくならば、御用商人が国元だけでなく、江戸でも要りまっせ。ましてや、当家は江戸定府《じょうふ》で殿さまが国へ帰らはることがない。どうしても江戸での買いものが主になります。あと、とっさに金が要るときに貸してくれる相手も欲しい。そのとき頼りになるのが御用商人でっさかいな」

「国元の米と御用商人がどうかかわってくる。まさか、江戸の商人に国元の米を売りつけるつもりか」

一夜の発言に松木があきれた。

「売れたらありがたいというところですなあ。本音はわたいみたいなのが柳生にはいてるというのを見せつけるため」

「おぬしのような者……」

「そうですわ。一見もない者が柳生家の御用商人にしてくれると言ってきたところで、まともに相手してはもらえまへんやろ。もちろん、大名の使いを無下にはしはれへんやろうけど、通り一遍の対応で終わりや。突っこんだ話まではいかへん」

「柳生家だぞ。大名の御用商人になれるというのは、名誉なことであろう」

「ご用人はん、苗字帯刀《みょうじたいとう》を許すというのを過大に考えてまへんか」

一夜が訊いた。

「町人が武士になれるのだぞ」

「それはもう古い話ですわ」

驚く松木に一夜が苦笑した。

「三十年前やったら、まだ喜びましたやろうな。五十年前やったら鼻で嗤《わら》われましたやろ。そして今は恭《うやうや》しく受け取りながら、腹の底で舌出す」

一夜が言った。

「説明をいたせ」

武士にとって何よりも大切な身分を馬鹿にされたようなものである。松木が憤った。

「三十年前やったら、すでに徳川さまが天下を取ってはった。けど、まだ大坂に豊臣があった。他にも加賀の前田、仙台の伊達と油断ならん大名があちこちにあった」

「それがどうしたと」

「つまり、戦があるかも知れん。戦があれば立身出世も考えられる。昨日まで商人やった者が、何百石、何千石のお歴々に、いや、大名にもなれたかも」

「五十年前はなぜ、鼻で嗤う」

「そのころは豊臣はんの世のなかでっせ。なんやいろいろと物語を作って、出自を一生懸命糊塗《こと》しようとしてはりましたけど、豊臣はんが尾張《おわり》の百姓の出で、しばらく喰うために針の行商をやってたことは皆が知ってました。ようは、身分が固まってなかった。百姓が、商人が、大小を腰に差して、さようしからばごめんと口にするだけで武士になれた。そんなときに恩着せがましく、苗字帯刀をくれてやるなんと言われてもねえ」

一夜が手を振った。

「では、なぜ、今は喜ばぬ。もう天下は治まり、身分は決まった。武士の子は武士に、商人の子は商人になるのだ。今や武士になるには、どこかの藩から苗字帯刀を許してもらうしかないのだぞ」

松木が喰い付くように一夜に迫った。

「当家から苗字帯刀を許した者はおりますか」

「いる。そんなに多くはないがな」

一夜の確認に、松木がうなずいた。

「その人らは、毎日裃《かみしも》を着けて両刀を差し、なんのなん兵衛《べえ》でござると言うてはりますか」

「……いいや」

「商人は商人らしい格好でございましょう。それが答えですわ」

少し沈黙した松木に一夜が告げた。

「商いをしなくても生きていけるだけの知行《ちぎょう》があれば……」

「いつ潰れるかわかりまへんのに」

言いかけた松木に、一夜が大きく首をかしげて見せた。

「当家はっ……」

松木が気づいた。

「柳生はんが口にしてええ言葉とは違いますで」

一夜が声を低くした。

「商いを潰すかどうかは、己の才覚。家が潰れるかどうかは、他人の思惑。どっちがやりがいおますやろ」

「…………」

「ほな、殿さまにお許しもろうて来ますわ」

口をつぐんでしまった松木を残し、一夜は御用部屋を後にした。

三

柳生宗矩の許可はあっさり出た。

「藩のためになるならば、好きにいたせ」

もともと勘定方は丸投げにするつもりの柳生宗矩である。一夜の行動を掣肘《せいちゅう》する気はなかった。

「おおきに」

喜んで一夜は米蔵から柳生の米を五合袋に入れたものを二つ持って、屋敷を出た。

「おい」

「ああ」

やはり門番を続けていた素我部の合図で、別の伊賀者が一夜の後を尾《つ》けだした。

「出たぞ」

「よし、報《しら》せに走る」

「印は付けておく」

見張っていた甲賀者が、報告と後を尾ける者に分かれた。

「うん……慌ただしいの」

一夜の後を尾けていた伊賀者が、甲賀者の動きに気づいた。

「まさかと思うが……」

伊賀者が一夜との距離を詰めた。いざというとき間に合いませんでしたは許されない。

「あんまりへんなところへ行ってくれるな」

よそ者を嫌う独特の場所は多い。江戸へ来たが仕官の口がなく失意の牢人、金のために身体《からだ》を売る辻君《つじぎみ》、仕事をするのが馬鹿らしくなった無頼。そういった連中にしてみれば、武家の風体をしながら、贅沢《ぜいたく》な衣類を身に纏《まと》い、上方の言葉を話す一夜は異物でしかなかった。

「出ましてございまする」

百人番所へ駆け戻った甲賀者が望月土佐に報告した。

「よし。ただちに」

望月土佐が百人番所の板の間に床几《しょうぎ》をおいて辺りを睥睨《へいげい》していた秋山修理亮の前に手を突いた。

「ご案内仕《つかまつ》りまする」

「いや、余は屋敷で待つ。そなたが連れて来い」

「なんと」

先日と言っている内容が違う。望月土佐が唖然《あぜん》とした。

「考えて見ればわかることであった。惣目付たる余が一人の陪臣と会うために出向くなど、お役目を軽く見るも同然じゃ。連れてくるのが当然であろう」

「はあ」

望月土佐の返答も曖昧《あいまい》になった。

「なんじゃ、余に意見でもあるのか」

「とんでもございませぬ。では、お屋敷でお待ちを。早速わたくしが出向きまする」

一瞬で疳《かん》を立てた秋山修理亮に、望月土佐があわてて飛び出した。

「まったく……思いつきだけに振り回されるこちらの身にもなれ」

愚痴を言いながら、望月土佐は報告に来た甲賀者と共に、一夜のもとへと走った。


一夜は迷わず金屋《かなや》を目指した。

「ごめんやで」

「いらっしゃいませ」

まだ二度目の来訪だが、もう常連の雰囲気を醸し出している一夜に、手代がすばやく応じた。

「旦那はんは、お手すきやろか」

「しばしお待ちを」

どんな言葉遣いをしていようが、どんな雰囲気だろうが、一夜は柳生の家臣、すなわち武家になる。手代が急いで奥へ引っこんだ。

「お出でくださいましたか」

待つほどもなく、金屋儀平《ぎへい》が店へ顔を出した。

「見抜かれてたかいな」

来るとわかっていたと微笑《ほほえ》んだ金屋儀平に、一夜が頭を掻《か》いた。

「どうぞ、奥へ」

武家や上客を迎えるには、一度店まで顔を出し、その後店主みずからが案内をするのが作法であった。

「奥へお通りを。旦那さまがお待ちでございまする」

「旦那は奥かいな。勝手に通るで」

こういう応対になるのは、よほど親しくなってからであった。

「まずは、先日は助かりました。御礼を申します」

客間で上座に据えられた一夜が、ていねいに謝した。

「いえいえ。お客さまへなすべきをなしただけでございまする」

金屋儀平も一夜に合った応答をした。

「ところで、なんでもう一度わたいが来るとお考えにならはったんで」

一夜が口調を崩した。

「大坂から来られたとおっしゃっておいでのうえ、柳生さまはお大名になられたばかり。当然、勘定方のお方だと思いましたし、あのときの交渉でもそれはわかりましてございまする」

「…………」

黙って一夜は先を促した。

「今はどこのお大名さまも同じで、内証をどうやって回していくかで苦吟なされておられまする。柳生さまも同じでございましょう」

わざとそこで金屋儀平が言葉を切った。

「これはまあ、噂《うわさ》でございますが……柳生さまには大坂にお子さまがおられるとか」

「参った。そこまで調べがついてるんかいな」

一夜がため息を吐いた。

「お推察のとおり、柳生但馬守の子で大坂で唐物問屋をやってる淡海屋の跡取りが、わたいですわ」

「大坂で唐物問屋で淡海屋さまといえば……」

少しだけ金屋儀平の目が大きくなった。

「大坂に唐物問屋で淡海屋というのは、大坂ではうちだけやな」

「それはまた」

金屋儀平が感嘆の声を漏らした。

「うちを知ってくれてはりますんか」

「お名前だけですが……それならば納得です」

「なにに納得してくれはったんかは気になりますが、ちと横へ置いて……わたいがこちらへ来るという確信の最後を聞かせてもらえますか」

疑問の答え合わせを一夜が求めた。

「大坂から商いに詳しい勘定方のお人を呼んだ。これは出ていく金を絞るためではなく、入るを量ると考えました。絞るだけなら、誰にでもできますので」

「たしかに。ものを買うときに値切る、他の店と競わせる。そうすれば、買値は下がる。後はものを使うな。飯は一汁一菜で我慢せい、絹ものを身につけるな、遊びに行くな、炭は半分ですませろ、使い終わった水は捨てずに畑に撒《ま》け、これだけをうるさく言うてるだけでかなりの倹約になる」

一夜がうなずいた。

「でもそれは続きません。人の我慢にも限界がありますし、なんといっても……」

「ものの値段が上がる」

「さすがでございますな」

割って入ってきた一夜を、金屋儀平が称賛した。

「戦がなくなり、世が泰平になると百姓、職人も安心して職に励める。いきなり稔《みの》りを奪われることも殺される心配もなくなるからや。そうして裕福になれば、人は贅沢になる。五穀の混じった飯で満足していたのが、白米でないと我慢ができなくなる。木綿もので不足なかったのが絹ものを欲しがる。欲しいとなれば金を積むのが人や。たちまち人気のある商品は売れてなくなり、次に店先に並ぶときは前より高値になっている」

「…………」

今度は金屋儀平が無言で一夜を促した。

「それでも欲しければ稼がなあかん。ものの値が上がれば、商人の儲けは大きくなる。百姓は田畑を拡《ひろ》げる。職人は数を作るか、数は多くなくてもよりいいものを生みだす。では、武士はどうやねん。家禄で生きている武士は、世間がどうなろうとも主家さえ無事ならば、収入は確保されている。ええ言いかたをすると安定している。でもそれはものの値段に置いていかれるということや。武家は収入が増えへんのや。どれだけ倹約しても、一年に米一石は喰う。木綿ものでも衣服は着る。それらが値上がりしたら……」

「倹約なんぞは消し飛ぶ」

最後を金屋儀平が引き取った。

「ええとこだけ持っていかれたわ」

一夜が笑いながら、ため息を吐いた。

「いや、申しわけございませぬな」

詫《わ》びながら、金屋儀平が笑った。

「淡海さまにご兄弟は」

「いてへん。身内は店主の爺《じい》はんだけや」

訊かれた一夜が首を左右に振った。

「ということは、独り身で」

「そうやけど、大坂で帰りを待つと言うてくれた女《おなご》はいてる」

先回りして一夜が答えた。

「それは残念な。わたくしではございませぬが、お近づきをいただいている大店《おおだな》の主《あるじ》さまから、一人娘の婿になるのに、いい男はいないかと頼まれておりまして」

「婿養子は勘弁や。嫁はんに気遣い、義理の両親に遠慮して、長く奉公している番頭の機嫌を伺うなんぞ、やりたいこともでけへん。そんなもん、飼われているのと一緒や」

金屋儀平の話に、一夜が嫌そうな顔をした。

「一人娘さまですが、一度お目にかかりましたが、今年で十六歳、それはもう花も恥じらうほどのお方ですよ」

「美人には心惹《ひ》かれるけどな、その娘はんが手に首輪と縄を持っているのが透けて見える」

口説《くど》き文句を出した金屋儀平に、一夜が身を震わせた。

「おもしろいお方だ」

金屋儀平が声をあげて笑った。

「旦那さま」

客間の廊下から奉公人が呼んだ。

「長居してしもうた。申しわけおまへん。詳細は次のときに」

他の来客だと思った一夜が慌てた。

「開けていいよ」

一夜を目で宥《なだ》めて、金屋儀平が奉公人に告げた。

「ごめんくださいませ。三蔵《さんぞう》が戻りましてございまする」

「で、ご返事は」

「お待ちしているとのことでございまする」

「ご苦労だと三蔵に伝えておくれ。では出かけますよ」

「はい。おおい、旦那さまがお出かけだ。お履きものを」

奉公人が店の方へ声をかけた。

「では、参りましょうか、淡海さま」

「どこへ……」

一夜が呆然《ぼうぜん》と呟《つぶや》いた。

「あなたさまがお望みの江戸指折りの大店、駿河屋《するがや》さまでございますよ。ご紹介申しあげますので」

「……ほんに怖《おそ》ろしい御仁や」

金屋儀平の答えに、一夜は呆然とした。

一夜の訪れを知った金屋儀平は用件を見抜き、その場で駿河屋との面談の手配をしてのけたのだ。そのすべてを一夜に知られずに。

「駿河屋さんとお近いのでできたことでございますよ」

大したことではないと金屋儀平が言った。

金屋を出た一夜たちの前に望月土佐が立ち塞《ふさ》がった。

「あなたさまは……」

金屋儀平が一夜の前に出て、警戒した。

「どけ、商人。そなたに用はない」

望月土佐が金屋儀平に向けて、手を振った。

「そういうわけには参りませぬ。我が店のお客さまをお守りするのは当然のこと」

金屋儀平が拒んだ。

「おおきに、金屋はん」

礼を言いながら、一夜がそっと金屋儀平の肩に手をかけた。

「淡海さま……」

金屋儀平が心配そうな目で一夜を見た。

「任しといてんか」

一夜がうなずいて見せた。

「わたいに用か」

「同道願いたい」

一夜の問いに望月土佐が告げた。

「断る」

「なっ……」

一言で断られた望月土佐が絶句した。

「断ることは許されぬ」

望月土佐がもう一度言った。

「なんで、見も知らぬ男の言うことに従わなあかんねん。おまはんはわたいのことを知ってるけど、こっちはなんも知らんねん。見も知らん人に付いていったらあかんとお爺はんから子供のころに言われたし」

「……きさまっ」

からかわれた望月土佐が怒った。

「身分を明らかにせんかい」

一気に表情を険しくして、一夜が詰問した。

「お役目上、明かせぬのだ」

「それを信用せいと」

「……………」

「第一、なんで行かなあかんねん」

「さるお方さまがお呼びだ」

「誰やねん」

「口にはできぬが、御上のえらいお方だ」

「己の身分と名前は言えぬ。呼んでおられるお人も差し障る。これでほいほい付いていくようでは、子供以下や」

苦渋に満ちた顔で言う望月土佐に、一夜はあきれた。

「……………」

「今日のところは帰り。もう、みんな見てるで」

周囲を見ろと一夜が手で示した。

「……うっ」

いつの間にか野次馬が囲んでいた。

「おまはんが名乗るか、お呼びとかいうお方の名前がわかれば、従うよってな。ほな、行きまひょか、金屋はん」

「はい」

すっと前に出た金屋儀平が、先導した。

四

望月土佐は呆然としていた。

「名乗れるわけなかろうが」

一夜の背中を見ながら、望月土佐が吐き捨てた。

まず秋山修理亮の名前は出せなかった。出せば、なぜ呼び出されるのかを柳生宗矩に推察されてしまう。惣目付が柳生に目を付けていると知られるのはまずい。狙われているとわかれば、対応策を取れる。なにせ、つい先日まで柳生宗矩も惣目付だったのだ。惣目付が使う手立てには精通している。

「甲賀組とも言えぬ」

忍が出てくるというだけで、相手は身構える。しかも他人目《ひとめ》のあるところで、甲賀組などと口にすれば、たちまち江戸中の噂になる。

「……お詫びせねばならぬ」

待っている秋山修理亮に、顚末《てんまつ》を報告しなければならない。叱られるのはわかっているだけに気は重いが、遅くなればなるほど秋山修理亮の怒りは大きくなる。

「役立たずが……」

さすがに甲賀組を解散させるほどの力はないが、望月土佐を頭から解任することはできる。組頭になったことで得られる特権は大きい。

甲賀組に属している者の禄は、一人ずつに与えられている家禄ではなく、組として四千石が給されていた。この四千石を二十人の与力と百人の同心で分け合うのだが、どうしても端数が出る。その端数が組頭のものとなった。他にも門を通る大名家から、なにかのときにはよしなにという付け届けが千駄《せんだ》ヶ谷《や》の組屋敷へ届けられる。この届けものの配分も組頭の胸先三寸であった。

これらを失うのは惜しい。与力二十騎の家柄として生まれた望月土佐も、もう三十歳をこえた。体力と気力を消耗する忍の引退は早い。勘定方には還暦どころか古希をこえていながら、務めている者もいるというのに、甲賀者、伊賀者は四十歳くらいで後進に道を譲るのが慣例となりつつあった。あと十年ほどだが、この間に老後の金を稼いでおかなければ、跡継ぎの負担になる。

「なんとかお怒りを宥めなければ……ふう」

ため息を吐きながら望月土佐が走り出した。

だが、待っていたのは叱責であった。

「余のときを無駄にさせた。惣目付の役目がどれほどの激務か、そなたごときは知るまいが……」

秋山修理亮の怒りは続いた。

「本人だけに耳打ちするなどして、そなたの身分を明かせばすんだことであろうが」

「惣目付さまのお名前を使わせていただければ……」

もっと話は簡単だと、望月土佐が思わず口にしてしまった。

そもそも一夜を連れてくるのは、甲賀者の仕事ではなかった。甲賀者は門の警固をしていればよく、惣目付の探索、それも表沙汰にできない所用となれば、家臣を使うべきである。

「余の名前を出すわけにはいかぬ。惣目付の任がどのようなものか、そなたはわかっておらぬ。惣目付は大名の監察である。我らによって大名は監督され、天下の泰平は保たれている。いわば執政衆に劣らぬ重要なお役目じゃ。その惣目付たる余のときを無為にさせるというのは、御上に弓引くも同じである」

「申しわけございませぬ」

こうなってしまえば、反論はできなくなる。望月土佐にできることは、詫びるだけであった。

「下賤《げせん》の者に、我ら高貴なる者の苦しみをわかれというほうが無理であった。ゆえに此度《こたび》は許す」

「ご寛容かたじけなく存じまする」

秋山修理亮としても手足として使える甲賀組は便利である。捨て去る気はない。伊賀組のどこかを柳生宗矩から奪うことも手間をかければできるだろうが、そうなればまた一から説明をしなければならなくなる。なにより、知っている者が増えれば増えるほど、密事は漏れた。

「次はない」

もう一度の失敗は認めないと秋山修理亮が釘《くぎ》を刺した。

金屋儀平に連れられた一夜は、駿河屋を見て息を呑《の》んだ。

「でかいっ」

大坂の淡海屋もかなり大きいが、それでも駿河屋には及ばなかった。

「駿河屋さんは、江戸城お出入りを始め、御三家さま御用達《ごようたし》も承っておられますので」

吾がことのように金屋儀平が誇った。

「駿河屋はんは、なんの商いを」

「材木と炭、竹をお扱いで」

訊かれた金屋儀平が答えた。

「うわあ、この江戸で木材と炭は大きいなあ。江戸の町は造作、普請の最中やし、人が多いから毎日使う炭の量も桁が違う」

一夜が納得した。

「さすがでございますな」

一夜がすぐに儲けの絡繰《からく》りを見抜いたことを金屋儀平が褒めた。

「では、駿河屋さんに」

金屋儀平が駿河屋と紺地に白く染め抜かれた暖簾《のれん》をかき分けた。

「遅くなりまして、金屋でございまする。お客さまをお連れいたしました」

「お待ちいたしておりました。すぐに主を呼んで参りまする」

金屋儀平の口上を受けた番頭がすばやく応じた。

「……金屋さん、わざわざすまないね」

初老の上品な商人が、奥から出てきて金屋儀平に声をかけた。

「いえ」

金屋儀平が微笑みながら首を横に振った。

「こちらがお話ししておりました淡海一夜さまでございまする」

「淡海一夜でございまする。本日は不意にお邪魔をいたし、失礼をいたしております」

紹介を受けた一夜が武家らしい挨拶をした。

「いえいえ、ようこそお出でくださいました。当家の主駿河屋総衛門《そうえもん》でございまする。このような店先では、ご無礼。ささ、どうぞ奥へ」

店の板の間に膝を突いて、駿河屋総衛門が一夜に勧めた。

「では、遠慮なく」

ここで帰ってはせっかくできかけた縁を失う。駿河屋総衛門との縁だけではなく、金屋儀平との間も気まずくなってしまう。

一夜は江戸の大店の主といきなりの対峙《たいじ》に肚《はら》をくった。

駿河屋は日本橋でも大川《おおかわ》に近いところに店を構えていた。木材は水に浮かせて運ぶのがもっとも安価で安全だからである。

木材は乾燥させなければ、普請には使えない。湿気があれば、たわんだりひび割れたりする。それを防ぐため、木は皮をつけたまま店の裏まで運ばれ、そこで皮を剝ぐ。皮を剝いでから水に浮かべると、湿気が深く入り、乾燥の手間が増える。

「見事な木ばっかりでございますな」

客間へ向かう途中の廊下から作業場を見た一夜が感心した。

「お大名さまの表御殿をつくらせていただくことが多いもので」

駿河屋総衛門が少しだけ自慢げな顔を見せた。

「これらはやはり木曽《きそ》でございますか」

檜《ひのき》の産地として有名なのが木曽であった。山国でほとんど耕作地のない飛驒《ひだ》国が十万石といわれているのは、この檜の価値による。

「木曽だけではございませぬが、やはり一流となれば木曽でございましょうか」

「こちらでございまする」

雑談をしている間に、奥の客間へと一夜たちは案内された。

「あらためまして、駿河屋総衛門でございまする」

「大和柳生家人淡海一夜じゃ」

下座に控えた駿河屋総衛門と上座に据えられた一夜がもう一度名乗りあった。

「本日は……」

「ああ、無理はなさいませんよう。金屋さんから、伺っておりまする」

堅い口調を続けようとした一夜を駿河屋総衛門が微笑みながら制した。

「よろしいんか。助かります」

一夜は喜んで崩した。

「大坂は道頓堀《どうとんぼり》で唐物問屋を営んでおります淡海屋の跡取り、一夜でおます。どうぞ、よろしゅうに」

一夜が本音を見せた。

「跡取りと言われた……つまりはいつまでもお武家さまではないと」

「こんなおもしろくもない武士なんぞ、さっさと辞めたいですわ。商いはどこまでも拡がりますやろ。さすがに海の向こうへ渡ることはできまへんが、和蘭陀《オランダ》や葡萄牙《ポルトガル》、明《みん》や琉球《りゆうきゆう》とものの遣り取りはできますやろ」

「たしかにさようですな。ですが、現地で品物を見られないのは、商いとしてはいかがでしょう」

一夜の話に駿河屋総衛門が首をかしげた。

「それも商いですやろ。米問屋をしていても、長雨、冷害はくらいますし、材木屋さんには、火事という怖《おそ》れがおます。炭もそうです。暖かい冬が来れば売れ行きは落ちます。とくに炭のような、薄利多売は厳しいですやろ。儲けが薄いだけに一回の季節狂いで大損せんならんのと違いますか。唐物問屋も同じですわ。違うのが一品ごとの値段が高いから、一つ碌《ろく》でもないものを摑《つか》まされたのが、大損したように見えるだけ。損した金額は変わりまへん、どころかそちらのほうがお客さまが多いだけ、被害は多いですやろ」

「しかし、博打《ばくち》に過ぎませんか」

「そればっかりやってたら、ただの馬鹿ですわ。商いの九は手堅く、一だけ思いきる。そのつもりでいてませんと。それに一はいずれ相手が決まっていくことで減っていきますやろ。偽物を摑ませるような商人は二度とうちへ出入りさせまへん。一回の儲けのために将来を捨てることになりますわなあ。当然、顔見知りでない商人や行きずりの人とはつきあいません」

「万一偽物を摑まされたときはどうなさいます」

駿河屋総衛門が次の問いに移った。

「自室の飾りにしますわ。生涯の戒めとして、毎日朝晩、起きたとき、寝る前に磨きますわ。もし、偽茶碗《にせぢやわん》ならそれで飯喰います」

一夜が答えた。

「金屋さん、御礼を言わせてもらうよ。よくぞ、淡海さまをご紹介くださった」

駿河屋総衛門が金屋儀平に頭を下げた。

「と、とんでもないことを」

金屋儀平が慌てた。

「淡海さま……」

「一夜でけっこうでっせ。駿河屋さんにさまづけされて悦に入るほど、胆《きも》は太うないんで」

苦笑しながら一夜が申し出た。

「さようでございますか。では、遠慮なく……一夜さん」

「なんでおますやろ」

「これから天下はどうなっていくと」

「おわかりですやろ。表は武家が実は商家が支配する。もう、戦う時代やおまへん。これからは国を豊かにしていく時代ですわ。武家だけが太るようではあきまへん。百姓が、職人が白米をいつも喰えるようにせな」

「それができると」

「無理ですやろうな。武士は命を賭けて禄を手にしたと固執しすぎですわ。天下は武士のものという考えはそう簡単には消えまへんやろ。なんの努力もせんでも禄はもらえますから」

一夜が首を左右に振った。

「では、どうなさいます」

「わたいにできることなんぞ、知れてます。せいぜいが、柳生をちょっとだけ裕福にするくらい」

駿河屋総衛門に尋ねられた一夜が述べた。

「嚆矢《こうし》となすですか」

「金屋はんもそうですが、駿河屋はんも怖ろしいわ」

あっさりと見抜いた駿河屋総衛門に一夜が苦笑した。

「柳生さまが裕福になれば、周りもまねをする。なにせ、柳生さまは将軍家剣術指南役をなさっておられますから、そのお方がなさったことならば御上からお咎めを受けることはない。安心して同じことができる」

「できればよろしいけどなあ」

「やってみなければ、痛い思いをしなければ気づきません。失敗して、どこが柳生さまと違ったかを考える。そして気づく……柳生さまの後ろには一夜さんがいたことに」

「わたいやおまへん。商人がいたことを知る」

駿河屋総衛門の言葉を、一夜が正した。

「いずれ、大名は金がなくなります。ものの値段の上昇についていけまへんよって。となれば、商家に金を借りるしかなくなる。表からは商人が金で大名を縛り、内からは商人の出である勘定方が大名の内政を牛耳《ぎゅうじ》る」

「金を使って商人は天下を取るというわけですか」

駿河屋総衛門が口の端を吊《つ》り上げた。

「苗字帯刀や、将軍や、大名やというような虚は要りませんやろ」

「要りませぬな」

一夜と駿河屋総衛門が笑い合った。

「商人が天下の権を握ったら、鎖国なんぞという馬鹿はすぐにでも止めますやろ。そしたら、もっと商いは大きゅうなる」

一夜が夢を語った。

「気宇壮大な夢ですな。商いは確実に、夢は大きくですか。一夜さん、婿にお出でになりませんか。駿河屋ならば、ご老中さまともお話ができますよ。夢が近づくかも知れません」

「うれしいお誘いやけどなあ。わたいは淡海屋の跡取りや。わたいが帰ってやらんとお爺はんが一人になってまう」

駿河屋総衛門の誘いを一夜は断った。

「金屋はん、これも……」

「はい。残念ながらなりませんでしたが」

軽く睨《にら》んだ一夜に、金屋儀平が残念そうに応じた。

「では、どのようにして柳生さまを豊かにするのかを伺いましょう。御用商人としてどのようにお手伝いをすればよいかを考えねばなりません」

「おおきに」

御用商人になってくれると言った駿河屋総衛門に、一夜が歓声をあげた。

柳生宗矩は伊賀者の報告に唇をゆがめていた。

「さる御仁が呼んでいるだと。惣目付の誰か……甲賀が従うとなればな。惣目付が一夜を呼びつける。獅子《しし》身中の虫を作ろうとの策か。いや、そんな悠長な案を考えられるほどの人物はいないな。一夜に柳生の家を引っかき回させるか、柳生の秘事を探り出させるか。性急な結果を求めるていどの者しかおらぬ」

かつての同僚を柳生宗矩が誹《そし》った。

「いかがいたしましょう。次に甲賀者が接したとき、阻害いたしまするか」

伊賀者が問うた。

「……いや」

少し考えた柳生宗矩が首を横に振った。

「一夜を行かせるがいい。そこでどのような話をされるかを見るのも一興。それを一夜が余に伝えるか、隠すかで対応を変えればいい。どちらにせよ、そのほうが決着が早く付く」

先ほど惣目付を性急だと誹っておきながら、柳生宗矩も急いでいた。

「堀田加賀守さまが、加藤式部少輔に話しかけたと聞いた。これはそろそろ始めよとの暗なる命」

幕府伊賀組への影響力を今でも柳生宗矩は残している。城中でのできごとはその日のうちに報された。

「上様のお指図を果たすには、動かねばならぬ。そのときに背後から刺されてはたまらぬでな」

家光も堀田正盛も役に立つ間はかばうが、使いものにならなくなったとたんに弊履《へいり》の如《ごと》く捨てる。天下人、執政としての冷たさを持っている。そのことを惣目付として大名の足を掬《すく》い続けてきた柳生宗矩は身に染みて知っていた。

柳生宗矩は焦っていた。

「あと、日本橋の駿河屋へ足を運んだことはいかがいたしましょう。駿河屋へ忍びましょうか」

「放っておけ。一夜は商人だ。商人のできることなど、たかが知れている。今は、惣目付に備えよ」

「はっ」

伊賀者が平伏した。

小学館文庫
好評既刊

勘定侍 柳生真剣勝負〈一〉召喚

上田秀人

ISBN978-4-09-406743-9

大坂一と言われる唐物問屋淡海《おうみ》屋の孫・一夜は、突然現れた柳生家の者に御家を救えと、無理やり召し出された。ことは、惣目付《そうめつけ》の柳生宗矩《むねのり》が老中・堀田加賀守《かがのかみ》より伝えられた、四千石の加増にはじまる。本禄と合わせて一万石、晴れて大名となった柳生家。が、大名を監察する惣目付が大名になっては都合が悪い。案の定、宗矩は役目を解かれ、監察される側に立たされてしまう。惣目付時代に買った恨みから、難癖をつけられぬよう宗矩が考えた秘策が一夜だったのだ。しかしなぜ召し出すのが商人なのか？　廻国中の柳生十兵衛も呼び戻されて。風雲急を告げる第一弾！

付添い屋・六平太
龍の巻 留め女

金子成人

ISBN978-4-09-406057-7

時は江戸・文政年間。秋月六平太は、信州十河藩の供番（籠を守るボディガード）を勤めていたが、十年前、藩の権力抗争に巻き込まれ、お役御免となり浪人となった。いまは裕福な商家の子女の芝居見物や行楽の付添い屋をして糊口をしのぐ日々だ。血のつながらない妹・佐和は、六平太の再士官を夢見て、浅草元鳥越の自宅を守りながら、裁縫仕事で家計を支えている。相惚れで髪結いのおりきが住む音羽と元鳥越を行き来する六平太だが、付添い先で出会う武家の横暴や女を食い物にする悪党は許さない。立身流兵法が一閃、江戸の悪を斬る。時代劇の超大物脚本家、小説デビュー！

小学館文庫
好評既刊

突きの鬼一

鈴木英治

ISBN978-4-09-406544-2

美濃北山三万石の主百目鬼一郎太の楽しみは月に一度の賭場通いだ。秘密の抜け穴を通り、城下外れの賭場に現れた一郎太が、あろうことか、命を狙われた。頭格は大垣半象、二天一流の遣い手で、国家老・黒岩監物の配下だ。突きの鬼一と異名をとる一郎太は二十人以上を斬り捨てて虎口を脱する。だが、襲撃者の中に城代家老・伊吹勘助の倅で、一郎太が打ち出した年貢半減令に賛同していた進兵衛がいた。俺の策は家臣を苦しめていたのか。忸怩たる思いの一郎太は藩主の座を降りることを即刻決意、実母桜香院が偏愛する弟・重二郎に後事を託して単身、江戸に向かう。

小学館文庫
好評既刊

浄瑠璃長屋春秋記 照り柿

藤原緋沙子

ISBN978-4-09-406744-6

三年前に失踪した妻・志野を探すため、弟の万之助に家督を譲り、陸奥国平山藩から江戸へ出てきた青柳新八郎。今では浪人となって、独りで住む裏店に『よろず相談承り』の看板をさげ、見過ぎ世過ぎをしている。今日も米櫃《こめびつ》の底に残るわずかな米を見て、溜め息を吐いていると、ガマの油売り・八雲多聞がやって来た。地回りに難癖をつけられていたところを救ってもらった縁で、評判の巫女占い師・おれんの用心棒仕事を紹介するという。なんでも、占いに欠かせぬ亀を盗まれたうえ、脅しの文まで投げ入れられたらしい。悲喜こもごもの人間模様が織りなす、珠玉の第一弾。

小学館文庫
好評既刊

死ぬがよく候〈一〉 月

坂岡真

ISBN978-4-09-406644-9

さる由縁《ゆえん》で旅に出た伊坂八郎兵衛は、京の都で命尽きかけていた。「南町の虎」と恐れられた元隠密廻り同心も、さすがに空腹と風雪には耐え切れず、ついに破《や》れ寺《でら》を頼り、草鞋《わらじ》を脱いだ。冷えた粗菜にありついたまではよかったが、胡散臭《うさんくさ》い住職に恩を着せられ、盗まれた本尊を奪い返さねばならぬ羽目に。自棄《やけ》になって島原の廓《くるわ》に繰り出すと、なんと江戸で別れた許嫁《いいなずけ》と瓜二つの、葛葉《くずのは》なる端女郎《はしじょろう》が。一夜の情を交わした翌朝、盗人どもを両断すべく、一条戻橋《いちじょうもどりばし》へ向かった八郎兵衛を待ち受けていたのは……。立身《たつみ》流の秘剣・豪撃《こわうち》が悪党を乱れ斬る、剣豪放浪記第一弾！

小学館文庫
好評既刊

駄犬道中おかげ参り

土橋章宏

ISBN978-4-09-406063-7

時は文政十三年(天保元年)、おかげ年。民衆が六十年に一度の「おかげ参り」に熱狂するなか、博徒の辰五郎は、深川の賭場で多額の借金を背負ってしまう。ツキに見放されたと肩を落として長屋に帰ると、なんとお伊勢講のくじが大当たり。長屋代表として伊勢を目指して、いざ出発！　途中で出会った食いしん坊の代参犬・翁丸、奉公先を抜け出してきた子供の三吉、すぐに死のうとする訳あり美女・沙夜と家族のふりをしながら旅を続けているうちに、ダメ男・辰五郎の心にも変化があらわれて……。笑いあり、涙あり、美味《グルメ》あり。愉快痛快珍道中のはじまり、はじまり～。

小学館文庫
好評既刊

陽だまり翔馬平学記
姫の守り人

早見俊

ISBN978-4-09-406708-8

軍学者の沢村翔馬は、さる事情により、美しい公家の姫・由布《ゆう》を守るべく、日本橋の二階家でともに暮らしている。口うるさい老侍女・お滝も一緒だ。気分転換に歌舞伎を観に行ったある日、翔馬は一瞬の隙をつかれ、由布を何者かに攫《さら》われてしまう。最近、唐土《もろこし》からやって来た清《しん》国人が江戸を荒らしているらしいが、なにか関わりがあるのか？　それとも、以前勃発した百姓一揆で翔馬と敵対、大敗を喫し、恨みを抱く幕府老中・松平信綱の策謀なのか？　信綱の腹臣は、高名な儒学者・林羅山の許《もと》で隣に机を並べていた、好敵手・朽木誠一郎なのだが……。シリーズ第一弾！

本書のプロフィール

本書は、小学館文庫のために書き下ろされた作品です。

小学館文庫

勘定侍《かんじょうざむらい》 柳生真剣勝負《やぎゅうしんけんしょうぶ》〈二〉

始動《しどう》

著者 上田秀人《うえだひでと》

二〇二〇年八月十日 初版第一刷発行

発行人 飯田昌宏
発行所 株式会社 小学館
〒一〇一-八〇〇一
東京都千代田区一ツ橋二-三-一
電話 編集〇三-三二三〇-五九五九
販売〇三-五二八一-三五五五
印刷所――中央精版印刷株式会社

ISBN978-4-09-406797-2